Charmed

Tödliche Versuchung

Charmed

Zauberhafte Schwestern

Tödliche Versuchung

Roman von
Debbie Viguié

Aus dem Amerikanischen
von Thomas Ziegler

vgs EGMONT

Bibliografische Information der Deutschen Bibliothek
Die Deutsche Bibliothek verzeichnet diese Publikation in der Deutschen Nationalbibliografie; detaillierte bibliografische Daten sind im Internet über http://dnb.ddb.de abrufbar.

Erstveröffentlichung bei Pocket Books, New York 2004
Titel der amerikanischen Originalausgabe: *Pied Piper*
von Debbie Viguié
Das Buch »Charmed – Zauberhafte Schwestern;
Tödliche Versuchung« von Debbie Viguié entstand auf Basis der gleichnamigen Fernsehserie von Spelling Television, ausgestrahlt bei ProSieben.

1. Auflage 2004

Lektorat: Verena Ludorff
Produktion: Elisabeth Hardenbicker
Umschlaggestaltung: Sens, Köln
Titelfoto: © Spelling Television Inc. 2004
Satz: Greiner & Reichel, Köln
Printed in Germany
ISBN 3-8025-3370-4

www.vgs.de

Für meine beiden Musen: Richard Reynolds und Boysen Bear. Ohne euch wäre nichts von dem möglich gewesen.

ANMERKUNGEN

Ich muss Elizabeth Bracken dafür danken, dass sie eine fabelhafte Redakteurin und immer für mich da war, wenn ich am Boden lag. Dank an Micol Ostow, der ebenfalls mit mir an diesem Projekt gearbeitet hat. Dank an meine Mutter Barbara Reynolds und meinen Mann Scott Viguié für all ihre Liebe und Unterstützung.

1

PIPER HALLIWELL STÖHNTE, setzte sich auf und rieb ihre Schulter. Sie schmerzte unter der Berührung, und Piper war sicher, dass sie sich am Morgen einen Bluterguss zugezogen hatte. »Ich hasse das«, sagte sie und schüttelte ihren Kopf, um den dumpfen Druck darin zu vertreiben. »Haben wir ihn vernichtet?«, fragte sie mit einem Blick zu der Stelle, wo sie den Dämon zum letzten Mal gesehen hatte.

»Wir haben ihn erledigt«, bestätigte Phoebe.

»Das war viel leichter, als ich dachte«, meinte Paige und strich sich die Haare aus dem Gesicht.

»Leichter?«, fragte Piper ungläubig und starrte auf das Chaos um sie herum. Sie stand mühsam auf und ging zu einer Vase, die zu Boden gefallen und in mehrere Stücke zerbrochen war. »Wir werden Klebstoff brauchen«, bemerkte sie düster.

»Und zwar eine Menge«, sagte Paige mit einem resignierten Schnauben. »Am besten vergisst du sie.«

Phoebe räusperte sich bedeutungsvoll und schlug die Augen nieder.

»Was?«, fragte Paige. »Welche mystische Geschichte verbirgt sich denn schon wieder hinter dieser Vase?«

»Nichts Mystisches, Schätzchen. Es ist nur so, dass Dad sie Mom an ihrem letzten Hochzeitstag geschenkt hat«, sagte Phoebe leise.

»Zusammen mit einem Dutzend Rosen. Sie schienen ewig zu blühen«, fügte Piper hinzu.

»Das dachten wir jedenfalls – bis Prue Dad dabei erwischte, wie er die Rosen alle paar Tage austauschte«, erklärte

Phoebe und lachte mit Piper bei dieser schönen Erinnerung.

Bei der Erwähnung von Prue, Phoebes und Pipers ältester Schwester, verstummte Paige. Phoebe, Piper und Prue hatten gleichzeitig entdeckt, dass sie Hexen waren. Sie waren die *Zauberhaften*, und sie hatten eine schicksalhafte Mission. Paige selbst war erst später ins Spiel gekommen. Sie war Phoebes und Pipers Halbschwester, die Tochter ihrer Mutter und deren *Wächter des Lichts*. Erst vor kurzem, nachdem Prue von einem Dämon getötet worden war, hatte Paige von ihren Halbschwestern erfahren, und seitdem führte auch sie das Leben einer *Zauberhaften*.

Paige räusperte sich. »Tja, ich reiße euch ja nicht gern aus euren Erinnerungen, aber ich muss zur Arbeit.«

»Ah, ja. Das stressige Leben einer Sozialarbeiterin, die Kinder rettet und Familien hilft«, sagte Phoebe mit einem gezwungenen Lächeln.

»Okay, es ist kein glamouröser Job, aber wenigstens kann ich den Menschen helfen«, erwiderte Paige.

Piper hörte kaum zu. Sie starrte auf die Scherben und versprach sich selbst, dass sie sich nicht aufregen würde, oder zumindest nicht mehr, als sie es ohnehin schon tat. Sie seufzte und schloss die Augen, verdrängte die Erinnerungen an die zerbrochene Ehe ihrer Eltern und blendete das Bild der zerbrochenen Vase aus. »Nur ein einziges Mal möchte ich einen friedlichen Tag erleben. Keine Arbeit, keine Verpflichtungen, keine Dämonen, die bekämpft werden müssen.«

»Ja, aber nur *einen* Tag. Sonst würdest du dich langweilen«, stichelte Phoebe, während sie das Sofa an seinen alten Platz rückte.

»Im Moment klingt Langeweile gar nicht so schlecht«,

antwortete Piper. Sie öffnete wieder die Augen und startete einen Versuch, die feine Porzellanvase wieder zusammenzusetzen. Hinter ihr richtete Phoebe Stühle auf und machte Ordnung. Paige verschwand nach einem kurzen Abschiedsgruß durch die Haustür.

An manchen Tagen war es nicht leicht, eine Hexe zu sein. Ich könnte eine Weile ohne magische Kräfte und schicksalhafte Missionen auskommen, dachte Piper.

»Es fehlt ein Stück«, sagte sie schließlich und starrte die vor ihr liegenden Scherben an.

Plötzlich materialisierte Leo, Pipers Mann und der *Wächter des Lichts* der *Zauberhaften*, in einer Wolke aus schimmerndem Licht im Zimmer.

»Was habe ich verpasst?«, fragte er.

»Alles«, sagte Piper.

»Habt ihr den Dämon vernichtet?«, wollte er wissen.

»Ja, aber vorher haben wir Moms Vase zerstört.«

»Hä?«

»Moms Vase. Es fehlt ein Stück. Hilf mir doch bitte, es zu finden«, bat Piper, während sie suchend über den Boden kroch.

»Könnte es vielleicht das da hinten sein?«, fragte Leo zwinkernd.

Piper hob den Kopf, folgte seinem Blick und sah die fehlende Scherbe. Sie hatte sich in ein Gemälde an der Wand gebohrt und steckte zwischen den Augen der jungen Dame, die dort porträtiert war.

»Ah, Mist«, sagte Piper.

Einkaufen war Pipers neuestes Mittel gegen Stress, ob nun durch übernatürliche oder menschliche Verursachung. Als ehemalige Köchin war Essen für sie wichtig, nicht nur wegen der Ernährung an sich, sondern auch als eine Quelle des Trostes.

»Was für Kekse willst du denn backen?«, fragte Leo, der neben ihr herging und den Einkaufswagen schob.

»Schokoladenkekse«, sagte Piper und warf ihm einen Seitenblick zu. Sie war sich schmerzhaft bewusst, wie lächerlich es für einen *Wächter des Lichts* war, ohne einen höheren Zweck einkaufen zu gehen. Aber sicherlich stellt unsere Ehe einen höheren Zweck dar, dachte sie. Der Himmel weiß, dass wir etwas Zeit zusammen und ein wenig Normalität in unserem Leben brauchen.

»Nun, willst du unser Gespräch von vorhin fortsetzen?«, fragte Leo.

Piper musste sich auf die Lippe beißen, um ihm nicht zu sagen, dass sie diese spezielle Unterhaltung auf keinen Fall fortsetzen wollte. Um genau zu sein, sie wollte *überhaupt* kein Gespräch führen, in dem nicht die Worte »Schokolade« oder »Kekse« vorkamen. Stattdessen holte sie tief Luft. »Ich weiß einfach nicht, ob ich bereit für ein Kind bin, Leo.«

»Ich bin nicht sicher, ob überhaupt jemand *bereit* dafür ist, Piper. Du musst einfach dein Herz öffnen.«

»Und die Verantwortung für ein weiteres Leben übernehmen.«

»Es wäre *unsere* Verantwortung«, erinnerte er sie.

Sie lachte. »Ich kann mir einfach nicht vorstellen, dass du Windeln wechselst und einem Baby auf den Rücken klopfst, damit es ein Bäuerchen macht.«

»Das ist nur der Anfang. Sie wachsen schließlich heran. Man muss eine junge Persönlichkeit formen, ihnen beibringen, was richtig und falsch ist, und kann schließlich voller Stolz mit ansehen, wie sie selbst eine Familie gründen.«

»Hast du mit Dad gesprochen?«, fragte Piper argwöhnisch.

»Nein.«

»Dann solltest du es vielleicht tun, nur um zu erfahren, auf was du dich einlässt.«

»Ich denke, ich weiß, worauf ich mich einlasse. Außerdem steht mir dein Vater noch nicht nahe genug.«

»Das wird sich ändern müssen, wenn wir uns entschließen, Kinder zu haben«, sagte sie.

»Er und ich werden schon miteinander klarkommen«, versicherte Leo mit entschlossener Miene.

Piper verbarg ein Grinsen hinter ihrer Hand. Das möchte ich sehen!, dachte sie. Dann verdrängte sie den Gedanken und kehrte wieder zum Thema zurück. »Ich weiß nicht, unser Leben ist doch so chaotisch. Dämonen, Hexer, Phoebes Freunde. Willst du im Ernst ein Kind in eine Welt setzen, in ein *Heim*, das all das beinhaltet?«

»Solange du in dieser Welt und diesem *Heim* bist, habe ich es ernsthaft vor.«

Warum muss er es immer so hinstellen, dass er der Süße, Romantische ist und ich die selbstsüchtige, herzlose Xanthippe?, fragte sich Piper seufzend. Dann wiederholte sie: »Ich denke nur, dass ich noch nicht bereit bin, eine …«

»Mama!«

Piper wich zurück, als etwas gegen ihre Beine prallte. Sie blickte nach unten, während sie gleichzeitig die Hände hochriss, bereit, ihren Angreifer binnen einer Nanosekunde einzufrieren.

Ein kleines Kind sah zu ihr auf. Speichel rann über sein

Kinn. Die Brustseite seiner Latzhose war feucht, und seine winzigen Hände, an denen eine klebrige rote Substanz leuchtete, hatten das Bein von Pipers schwarzer Tuchhose umklammert.

Sie schüttelte leicht den Kopf und rümpfte angewidert die Nase. »Leo«, flüsterte sie. »Nimm es weg.«

»Ah, hallo, Kleiner«, flötete Leo und kniete sich hin.

»Red nicht, sondern schaff es weg!«, keifte Piper schrill.

»Piper, es ist ein Kind, kein Dämon«, sagte Leo herablassend. »Man schafft es nicht einfach weg.«

Der kleine Junge schwankte hin und her, während er Leo anstarrte. Ein Lächeln erschien um seine Mundwinkel, und er kicherte und sabberte noch mehr.

»Du bist ein guter Junge, nicht wahr?«, sagte Leo. Er streckte die Hand aus und kitzelte ihn am Bauch. »Wo ist deine Mommy?«

»Nur weil er dich mag, heißt das noch lange nicht, dass wir ihn behalten können«, warf Piper sarkastisch ein.

»Da bist du ja!«, rief eine Frau und rannte mit erleichtertem Gesichtsausdruck auf sie zu. »Samuel, reiß dich nicht noch einmal von deiner Mommy los.«

Sie nahm den Jungen in die Arme. »Tut mir Leid«, sagte sie, ohne Piper direkt anzusehen. Sie trug ihren Sohn zurück zu ihrem Einkaufswagen und setzte den Jungen hinein.

»Alle Kinder lieben mich«, meinte Leo, als er sich aufrichtete.

»Lass mich raten«, sagte Piper. »Sie tun es, weil du ein *Wächter des Lichts* bist, richtig?«

»Genau. Aber ich bin schon immer gut mit Kindern und Tieren zurechtgekommen.«

»Natürlich bist du das«, erwiderte Piper. Vor ihrem geistigen Auge sah sie endlose Jahre dahinziehen, in denen sie von ihren Kindern als die »keifende Alte« gehasst wurde, während Leo nicht nur von ihren Kindern, sondern auch von den Freunden ihrer Kinder und ihren Haustieren geliebt wurde. »Ich hasse es, die Böse zu sein«, murmelte sie.

»Was war das?«

Piper holte tief Luft. »Willst du *wirklich* eins davon haben?«, fragte sie und wies auf das sabbernde Kleinkind, das noch immer im Einkaufswagen seiner Mutter saß und Leo zuwinkte.

»Ja. Du nicht?«, entgegnete Leo. Seine Augen bohrten sich in ihre.

Piper seufzte und legte den Kopf zur Seite. »Ich weiß es nicht. Ich meine, vielleicht eines Tages, sicher. Aber im Moment habe ich nicht das Gefühl, dass der richtige Zeitpunkt dafür ist.«

»Wann wird der richtige Zeitpunkt sein?«, erkundigte sich Leo. Piper ging an seiner Seite, während er den Einkaufswagen durch den Gang mit den Papierwaren schob.

»Keine Ahnung, vielleicht in zwanzig Jahren, wenn wir alle Dämonen auf der Welt getötet haben und unser Leben halbwegs normal ist.«

Leo blieb stehen. Er ergriff Pipers Arm und zog sie zu sich herum. »Du weißt, dass das nie passieren wird, oder?«

Piper weigerte sich, ihm in die Augen zu sehen. »Ich weiß«, sagte sie mit zugeschnürter Kehle. »Ganz gleich, wie hart wir arbeiten, es wird immer Dämonen geben.«

»Das habe ich nicht gemeint«, sagte Leo. Er senkte seine

Stimme und sah sich kurz um. »Unser Leben wird nie normal sein.«

Tränen brannten in Pipers Augen. »Vermutlich. Aber ich verlange ja auch nicht, dass die Dinge vollkommen normal sind, nur halbwegs normal.«

»Ich weiß«, seufzte Leo. Er zog sie an sich und nahm sie in die Arme. »Deshalb sind wir auch hier im Supermarkt.«

»Wenigstens können wir wie ein normales Paar zusammen einkaufen gehen«, sagte Piper. Sie entspannte sich ein wenig und genoss das Gefühl seines weichen Baumwollhemds an ihrer Wange. Glücklicherweise war sonst niemand in ihrem Gang – normale Paare kauften in Supermärkten ein, aber umarmten sie sich auch dort? Eher nicht.

Plötzlich erfüllte ein schrilles Weinen die Luft, und Piper löste sich ruckartig von ihrem Mann, bedeckte ihre Ohren mit den Händen und sah sich hektisch um.

»Oder vielleicht auch nicht«, rief Leo über den Lärm hinweg.

»Was ist los?«, fragte Piper.

»Es sind die Kinder, sie weinen.«

»Überall im Laden?«

»Überall in der Stadt, wie es klingt«, antwortete Leo. »Ich muss gehen.«

Bevor sie den Mund öffnen konnte, um zu protestieren, war er fort.

»Toll«, meinte Piper. Sie warf einen Blick in die Runde. »Einfach toll.«

Niemand schien Leos Verschwinden bemerkt zu haben, und Piper entschied, sich ebenfalls davonzumachen. Sie ließ ihren Wagen mitten im Gang stehen und rannte nach draußen.

Als sie durch den Ausgang stürmte, die Hände noch immer an ihre Ohren gepresst, prallte sie fast gegen einen alten Mann, der gerade den Laden betreten wollte. »Entschuldigung«, murmelte sie.

»Macht nichts«, sagte der alte Mann und lächelte freundlich.

Leo hatte Recht. Alle Kinder weinten. Auf dem Parkplatz waren Kinder, die weinten, und sie konnte eins auf der anderen Straßenseite schluchzen sehen. Was geht hier vor?, dachte Piper. Sie stieg in ihren Wagen und schlug die Tür zu. Das dämpfte den Lärm nur wenig, und sie schaltete das Radio ein und drehte laut auf.

»Piper! Hast du mir diese Handcreme mitgebracht?«, fragte Phoebe, als sie die Treppe herunterkam.

Piper schloss die Tür, lehnte sich dagegen und ließ erschöpft die Schultern hängen. Es war ein schlimmer Morgen gewesen.

»Schätzchen? Was ist los?«, fragte Phoebe. Sie klang besorgt.

Piper sah aus, als würde sie im nächsten Moment in Tränen ausbrechen. »Ach, nichts, nur ein Laden voller kreischender Kinder. Vielleicht sogar eine ganze Stadt. Leo hat sich davongebeamt, während wir einkaufen waren, und ich konnte den Lärm nicht ertragen. Ich werde versuchen, später noch einmal einkaufen zu gehen. Viel später.«

Phoebe zog die Nase kraus und musterte ihre frustrierte Schwester. »So viel zu einem ruhigen Tag und den langweiligen Problemen verheirateter Leute«, stichelte sie, um Piper aufzumuntern.

»Ja.«

»Ist schon okay. Ich muss jetzt zur Arbeit. Ich kann auf dem Heimweg in den Supermarkt gehen. Was soll ich dir mitbringen?«

»Nichts.«

»Komm schon, ich bin's und ich biete dir meine Hilfe an. Ich biete dir an, langweilige Sachen für dich einzukaufen. Als deine Schwester muss ich dir raten, mein Angebot anzunehmen.« Phoebe warf Piper ihr strahlendstes Lächeln zu, aber ihre ältere Schwester wandte sich ab.

»Das hilft alles nichts«, sagte Piper. Sie ging ins Wohnzimmer und warf ihre Handtasche auf den Boden. Dann sank sie auf die Couch und legte ihren Kopf zurück.

»Hey, alles wird gut«, versicherte Phoebe, folgte ihrer Schwester und setzte sich neben sie.

»Woher weißt du das?«, fragte Piper.

»Weil ich eine Vision hatte«, sagte Phoebe schelmisch.

Piper schlug mit einem Kissen nach ihr. »Hör auf.«

»Naja, theoretisch hätte ich eine gehabt haben können. Man weiß nie«, meinte Phoebe.

»Ach, wenn es nur so funktionieren würde. Es gibt Tage, an denen ich unsere Kräfte gern auch mal zu unserem persönlichen Vorteil einsetzen würde«, stöhnte Piper und schloss wieder die Augen.

Phoebe wusste genau, was Piper meinte. Sie kannte dieses Gefühl aus eigener Erfahrung. Sie hatte aber auch erlebt, wie gefährlich es war, diesem Wunsch nachzugehen. Sie beugte sich zu ihrer Schwester hinüber und umarmte sie.

»Okay, ich hatte keine Vision. Aber ich habe etwas viel Besseres.«

»Was?«, fragte Piper.

»Vertrauen, Dummerchen.«

Piper lachte.

»Im Ernst, Piper«, sagte Phoebe. »Ich vertraue fest darauf, dass für dich und Leo alles gut gehen wird. Es muss so sein. Ihr beide habt zu vieles überstanden, als dass ihr euch von irgendetwas an eurem Glück hindern lassen werdet. Und von deinem Wunsch, ein normales Leben zu führen, schon gar nicht.«

»Vielleicht hast du Recht. Ich hoffe es sehr.«

»Ich habe Recht«, versicherte Phoebe. Sie küsste Piper auf die Stirn und sprang auf. »Jetzt muss ich zur Arbeit. Bist du sicher, dass ich nicht im Supermarkt vorbeischauen soll?«

»Ich bin sicher«, winkte Piper ab.

Phoebe ging die Vordertreppe hinunter und stieg in ihren Wagen, während sie über Piper nachdachte. Die Niedergeschlagenheit ihrer Schwester bekümmerte Phoebe, die Ratgeberkolumnistin. Sie erhielt aus der ganzen Bay Area Briefe von Menschen, die sie um ihren Rat baten, und sie gab ihnen geistreiche, sensible, simple Antworten. Sie seufzte. Wenn ich doch nur simple Antworten für uns hätte. Unser Leben ist einfach zu kompliziert. Außerdem hat mich noch keine meiner Leserinnen gefragt, ob sie weiter mit einem Mann zusammenbleiben soll, der sich als Dämon oder Engel entpuppt hat. Ich schwöre, es gibt Tage, an denen nicht einmal *ich* glauben kann, was für ein Leben wir führen.

»Bist du dir sicher?«, fragte Paige. Sie lehnte sich auf ihrem Bürostuhl zurück, während sie mit dem Telefonkabel spielte.

»Absolut. Ich kann die Eintrittskarte nicht gebrauchen«, sagte Tina.

»Danke. Ich bin nicht mehr in der Philharmonie gewesen, seit ich ein kleines Mädchen war.«

»Dann geh hin und genieß es.«

»Ich glaube, das werde ich tun.«

»Ich werde die Karte für dich an der Kasse hinterlegen.«

»Super. Ich schulde dir was«, sagte Paige.

»Kein Problem, Paige«, erwiderte Tina. »Ich muss los. Viel Spaß!«

Paige legte den Hörer auf und lehnte sich wieder auf ihrem Stuhl zurück. Die Philharmonie. Als sie klein gewesen war, hatten ihre Adoptiveltern sie mehrmals zu Konzerten mitgenommen, bis sie einen Wutanfall bekommen und gesagt hatte, dass sie die Konzerte hasste. In den Jahren nach dem Tod ihrer Eltern hatte sie oft noch einmal dorthin gehen wollen, aber niemals die Zeit gefunden. Als Tina erwähnt hatte, dass sie Tickets besaß, die sie nicht gebrauchen konnte, war Paige begeistert gewesen. Sie war sogar so begeistert gewesen, dass sie ihre Dinnerpläne für den nächsten Abend abgesagt hatte. Seit ihrem letzten Besuch in der Philharmonie war schon mehr als genug Zeit vergangen.

Sie blickte auf die Uhr und stand auf. Mal sehen, was Piper und Phoebe sagen, wenn sie hören, was ich morgen Abend mache, dachte sie.

In ihrer Nachmittagspause ertappte sich Paige dabei, wie sie vor sich hinsummte. Der Tag hatte mit Schrecken begonnen, doch er endete wunderschön. Genau wie ich es mag, dachte sie. Sie war definitiv kein Morgenmensch.

Piper ging noch einmal in den Supermarkt, diesmal ohne Leo. Sie hatte es ohne Zwischenfall bis zur Kasse geschafft. Trotzdem sah sie immer wieder über ihre Schulter, von dem

Gefühl gequält, dass dort irgendetwas war und sie beobachtete.

Du bist paranoid, sagte sie sich, als sie den Inhalt ihres Einkaufswagens auf das Förderband legte. Plötzlich richteten sich ihre Nackenhärchen auf. Sie drehte sich langsam um und sah in ein Paar große blaue Augen. Einen Meter von ihr entfernt war ein Baby und starrte sie an. Sie wich hastig einen Schritt zurück, und das Kleinkind beugte sich in den Armen seiner Mutter nach vorn und streckte die Hände nach Piper aus.

»Sie mag Sie«, sagte die Mutter des Babys.

»Nein, nein«, protestierte Piper. »Alle Babys hassen mich. Sie lieben meinen Mann, aber mich hassen sie.«

»Nun, das hier ist offenbar anderer Meinung. Wollen Sie sie halten?«

»Nein, danke«, lehnte Piper hastig ab. Was für eine Art Mutter bietet ihr Kind einer völlig Fremden an?, dachte sie. Sie wandte sich ab und sagte der Kassiererin hallo. Hinter ihr fing das Baby an zu weinen, und Piper zuckte zusammen.

Draußen schloss sie ihr Auto auf und verstaute ihre Einkäufe. Sie brachte eilig den Einkaufswagen zurück und stieg in dem Moment in ihr Auto, als die Frau mit dem Säugling den Supermarkt verließ.

Sie ließ den Motor an, fuhr los und entging so einer weiteren Begegnung mit irgendwelchen Babys – oder denjenigen, die eins hatten.

Als sie den Wagen vor dem Manor geparkt hatte und ausgestiegen war, öffnete sie die hintere Wagentür und wich abrupt zurück. Sie glaubte ihren Augen nicht zu trauen. Dort, mit den Händen in einer ihrer Einkaufstaschen, saß ein kleiner rothaariger Junge.

Verwirrt sah Piper sich um, bevor sie sich wieder dem Kind zuwandte. »Okay, wer bist du und wie bist du in mein Auto gekommen?«

»Jimmy.«

»Jimmy? Dein Name ist Jimmy? Okay, Jimmy, wo ist deine Mommy?«

»Ich weiß nicht.«

»Wie bist du hier reingekommen?«

»Ich weiß nicht.«

»Wo wohnst du?«

»Ich weiß nicht.«

»Was weißt du überhaupt?«, fragte Piper frustriert.

Jimmy blickte stumm zu ihr auf.

Piper presste die Hände an ihren Kopf. Das kann ich jetzt absolut nicht gebrauchen, sagte sie sich. Sie sah Jimmy an. »In Ordnung, lass uns reingehen. Ich werde das schon klären.«

Sie hielt die Tür weit auf, und er stieg aus. Sie nahm ihre Taschen und ging zur Haustür. Jimmy trottete hinter ihr her. Auf halber Treppe blieb sie stehen. Auf ihrer Fußmatte saß Samuel, das Kind, mit dem Leo am Morgen im Supermarkt gespielt hatte.

»Was in aller Welt?«, murmelte Piper.

Sie öffnete die Tür und stolperte hinein. Die Kinder folgten ihr. Sie warf die Einkaufstüten Richtung Küche, bevor sie sich hinkniete und beide Kinder in die Arme nahm.

»Wo sind eure Mommys?«, fragte sie.

Die beiden schüttelten nur die Köpfe und starrten sie mit großen Augen an.

Piper wippte auf ihren Absätzen. »Das darf nicht wahr

sein. Paige, Phoebe, seid ihr zu Hause?«, rief sie. Nur Schweigen antwortete ihr.

»Leo! Schaff sofort deinen Hin …« Sie brach ab und sah die Kinder an. »Schaff sofort deinen Popo hierher, Mister.«

»Popo? Piper, geht es dir gut?«, fragte Leo, als er materialisierte.

»Sehe ich aus, als ginge es mir gut?«, schoss sie zurück, während sie sich aufrichtete.

»Eigentlich …« Leo bemerkte erst jetzt die Kinder und verstummte mitten im Satz. »Woher kommen die denn?«

»Das ist es, was ich dich fragen wollte«, sagte Piper und kniff die Augen zusammen. »Ich habe eins in meinem Wagen und das andere auf unserer Veranda gefunden. Sie wissen nicht, wie sie hierher gekommen sind, wo sie wohnen oder wo ihre Mommys stecken.«

»Das eine sieht wie Samuel aus, der Junge aus dem Supermarkt.«

»Er sieht so aus, weil er es ist.«

»Das verstehe ich nicht.«

»Ich auch nicht. Und das ist nicht alles. In dem Laden war ein kleines Mädchen, das mich penetrant angestarrt hat.«

»Vielleicht wurde sie von deinem wunderschönen Lächeln angezogen«, sagte Leo leichthin.

»Welchem Lächeln?«, fragte Piper stirnrunzelnd.

»Richtig«, antwortete er hastig. »Nun, ich werde gehen und, äh … die Ältesten fragen. Von der Küche aus.«

»Warte! Was soll ich mit diesen Kindern tun?«

Leo lächelte. »Bring sie zurück zu ihren Eltern.«

Piper unterdrückte einen Schrei, als er in die Küche ging und davonorbte, sobald er sicher war, dass die kleinen Jungen ihn nicht sehen konnten. »Leo, wenn du irgendetwas damit zu tun hast, wird es dir noch Leid tun, das schwöre ich«, rief sie und drohte ihm mit der Faust. Sie wandte sich wieder den Kindern zu und befahl: »Okay, alle zurück zum Supermarkt. Hoffentlich sind eure Mommys noch dort und suchen euch.«

Sie nahm Jimmy und Samuel an die Hand und ging hinaus zu ihrem Wagen.

»Ich brauche einen Kindersitz«, sprudelte Samuel hervor, als sie versuchte, ihn auf die Rückbank zu setzen.

»Tante Piper hat aber keinen«, sagte sie mit einem Seufzer.

»Er kann ohne nicht mitfahren«, informierte Jimmy sie.

»Und was ist mit dir? Du scheinst es auch ohne bis hierher geschafft zu haben«, erwiderte Piper, die Hände in die Hüften gestemmt.

»Er ist kleiner«, sagte Jimmy ernst.

»Toll. Wo soll ich jetzt einen Kindersitz hernehmen?«

Jimmy zuckte nur die Schultern. Ihr kam ein Gedanke, und sie sah sich um. Sie waren allein auf der Straße. Sie öffnete die Beifahrertür. »Ihr beide setzt euch einen Moment hier rein, während Tante Piper einen Kindersitz sucht.«

Die Kinder stiegen ein, und Piper schloss hinter ihnen die Tür. Sie trat einen Schritt zurück und holte tief Luft. Okay, du kannst das, kein Problem, dachte sie.

»Ich bin allein, mein Wunsch ist klein, erfüllt ihn geschwind, ich brauche einen Sitz für dieses Kind.« Sie wartete.

Nichts.

»Ach, komm schon, klappt denn heute gar nichts?«, stöhnte Piper.

In diesem Moment fuhr ein Kombi langsam vorbei und

hielt vier Häuser weiter an. Piper legte den Kopf zur Seite. »Nicht das, was ich im Sinn hatte, aber es könnte funktionieren.«

Sie bedeutete den Kindern mit einem Wink, zu bleiben, wo sie waren, und eilte die Straße hinauf. Eine junge Frau mit blonden Locken – eine der Nachbarinnen – stieg gerade aus dem Wagen, als Piper sie erreichte.

»Hi«, sagte Piper und versuchte sich vergeblich an den Namen der Frau zu erinnern.

»Hi, Sie sind Piper, nicht wahr?«

»Ja«, bestätigte Piper, erleichtert, dass die Frau sie erkannte.

»Ich bin Bonnie«, fügte die Frau hinzu.

Piper setzte ihr unschuldigstes Lächeln auf. »Ich weiß, Bonnie.«

»Was gibt es?«, fragte Bonnie, als sie die Tür zur Rückbank öffnete und den Sicherheitsgurt eines brabbelnden Kleinkindes löste, das auf einem Kindersitz thronte.

»Ich muss sie um einen Gefallen bitten«, gestand Piper. »Ich passe auf die Kinder von meiner Kusine auf. Ich muss sie zum Haus ihrer Oma bringen, aber meine Kusine hat vergessen, einen Kindersitz für mich dazulassen.«

»Kein Problem«, meinte Bonnie. »Wie lange brauchen Sie den Sitz?«

»Nur eine Stunde, höchstens zwei«, sagte Piper. »Vielen Dank, ich weiß das wirklich zu schätzen.«

»Ist doch klar«, erwiderte Bonnie mit einem fröhlichen Lächeln. »Ich bin überzeugt, Sie würden dasselbe auch für mich tun.«

»Natürlich«, erwiderte Piper mit ihrem süßesten Lächeln.

»Haben Sie schon einmal einen Kindersitz montiert?«

»Nein, aber das kann ja wohl nicht so schwer sein.«

Bonnie antwortete nicht; sie lachte nur. Piper, ohnehin mit den Nerven am Ende, war irritiert. Hysterisch kichernd nahm Bonnie ihr Kind aus dem Sitz und reichte es Piper.

»Hier, halten Sie Jessica mal. Sie werden Hilfe brauchen«, sagte Bonnie.

Piper wollte protestieren, doch Bonnie erhob gebieterisch eine Hand. »Nein, Sie schaffen es nicht ohne mich, ein Handbuch oder eine Skizze.«

»Auf die Kinder aufzupassen oder einen Kindersitz zu montieren?«, fragte Piper trocken und starrte Bonnie an.

»Beides«, entgegnete Bonnie. Sie beugte sich in den Wagen und gab ein paar grunzende Laute von sich, bevor sie sich aufrichtete und den Kindersitz herausnahm. »Jetzt bringen wir ihn in Ihrem Wagen an«, sagte sie.

Piper ging voraus und fühlte sich denkbar unwohl. Sie hoffte, dass die Kinder nicht die Gelegenheit nutzen und Bonnie informieren würden, dass etwas Seltsames vor sich ging.

Piper verfolgte, wie Bonnies Hände flogen und den Sicherheitsgurt an Stellen an dem Kindersitz befestigten, an die sie nie gedacht hätte. Schließlich hob Bonnie Samuel hoch und schnallte ihn an. Wundersamerweise sagte er nichts.

»Was ist mit dir?«, fragte Bonnie Jimmy.

»Ich wiege einundsechzig Pfund. Ich bin ein großer Junge.«

»Ja, das bist du. Es wird auch so gehen. Ich habe sowieso keinen Kindersitz, in den du hineinpasst.«

»Bonnie, danke für Ihre Hilfe. Ich glaube, ich komme jetzt allein klar«, sagte Piper und hielt ihr Jessica hin.

»Kein Problem«, erwiderte Bonnie und nahm ihre Tochter.

Der Supermarkt war nicht weit von Halliwell Manor entfernt, aber die Fahrt schien ewig zu dauern. Unterwegs wurde Piper Opfer einer zunehmend stärker werdenden Paranoia. Alle paar Sekunden sah sie in den Rückspiegel, um sich zu vergewissern, dass es den Kindern gut ging und sich ihre Zahl nicht vergrößert hatte. Zwar zappelten sie ungeduldig herum, schienen sich aber sonst wohl zu fühlen.

Als sie auf den Parkplatz fuhr, bemerkte sie einen Streifenwagen. Eine Frau redete wild gestikulierend auf einen Polizisten ein. Ich wette, das ist Jimmys Mom, dachte Piper. Sie bremste und bog in eine nahe gelegene Parkbucht ein.

»Entschuldigen Sie, aber vermissen Sie ein Kind?«, fragte Piper, als sie ihr Fenster herunterkurbelte.

»Ja! Irgendjemand hat Jimmy entführt!«, jammerte die Frau.

»Ah, gut. Denn als ich nach Hause kam, habe ich einen Ausreißer auf meinem Rücksitz gefunden«, erklärte Piper. »Er sagte, er heißt Jimmy.«

Sie stieg aus dem Wagen, öffnete die hintere Wagentür, und Jimmy sprang heraus. »Hi, Mom!«, rief er.

»Jimmy!«, schrie die Frau. Sie stürzte auf ihren Sohn zu und nahm ihn in die Arme.

»Sie sagten, er hat sich auf Ihrem Rücksitz versteckt?«, fragte der Polizist, als er zu Piper trat.

»Ja. Ich kam nach Hause, öffnete die hintere Wagentür, um meine Einkäufe herauszunehmen, und dort saß er. Ich bin sofort zurückgefahren in der Hoffnung, jemand zu finden, der ihn kennt.«

»Jimmy, warum bist du in das Auto von der Dame gestiegen?«

»Ich weiß nicht«, sagte der kleine Junge schulterzuckend. »Ich mag sie. Ich bin eingestiegen, und sie hat mich nicht gesehen.«

»Mach das ja nie wieder. Deine Mommy hat sich zu Tode geängstigt! Was hätte ich nur getan, wenn dir etwas zugestoßen wäre?«, fragte Jimmys Mutter schluchzend.

»Es tut mir Leid, Mommy.«

»Vielen Dank, Ma'am. Ich wünschte, alle Fälle vermisster Kinder würden so glücklich enden«, wandte sich der Polizist an Piper.

»Kein Problem. Ich bin nur froh, dass Jimmy wieder dort ist, wo er hingehört. Wenn Sie mich jetzt entschuldigen würden, ich muss wirklich nach Hause.«

Hysterisch schluchzend dankte Jimmys Mutter ihr erneut, und Piper entschuldigte sich hastig und stieg wieder in ihren Wagen. Sie konnte es kaum erwarten, von hier wegzukommen. Ein vermisstes Kind in ihrem Auto konnte erklärt werden, aber nicht ein zweites.

Sie fuhr vom Parkplatz hinunter. Was soll ich jetzt mit dem anderen machen?, fragte sie sich. Sie sah in den Rückspiegel, und beim Anblick des Streifenwagens kam ihr eine Idee.

Die Fahrt zum nächsten Polizeirevier dauerte nur kurz, aber Piper brauchte eine Weile, um Samuel aus dem Kindersitz zu bekommen. Schließlich hatte sie ihn befreit und trug ihn in das Gebäude.

Sie ging zum Empfangspult und sprach den Police Officer an, der dahinter arbeitete. »Entschuldigen Sie, vielleicht können Sie mir helfen.«

»Ja, Ma'am?«

»Ich fand diesen kleinen Kerl, wie er umhergeirrt ist. Ich habe nach seinen Eltern gesucht, aber er schien allein zu sein. Er hat gesagt, sein Name ist Samuel.«

»Sie sind hier völlig richtig«, erklärte der Officer hinter dem Pult. Er streckte die Hände aus und nahm Samuel auf den Arm. »Vor ein paar Minuten traf eine Meldung ein, dass ein kleiner Junge von seiner Mutter vermisst wird. Die Beschreibung passt genau auf diesen kleinen Racker hier.«

»Super, vielen Dank«, nickte Piper und wandte sich zur Tür.

»Und Sie sind?«, fragte der Police Officer. »Falls die Mutter wissen will, wer ihn gefunden hat.«

»Ich würde lieber anonym bleiben«, erwiderte Piper.

»Vielleicht gibt es eine Belohnung«, drängte der Officer und sah sie fragend an.

Piper rang sich ein Lächeln ab. »Behalten Sie sie. Ich bin nur eine normale Bürgerin, die getan hat, was jeder tun würde. Auf Wiedersehen.« Sie winkte Samuel zu und ging hinaus.

Draußen stieß sie einen Seufzer der Erleichterung aus. Bin ich froh, dass das vorbei ist!, dachte sie.

Als sie ihre Straße erreichte, parkte sie vor Bonnies Haus, damit ihre Nachbarin ihr helfen konnte, den Kindersitz wieder abzumontieren.

»Ich weiß das wirklich zu schätzen«, sagte Piper, als Bonnie die Gurte löste.

»Keine Ursache«, meinte Bonnie mit einem fröhlichen Lächeln. »Dafür sind Nachbarn da.«

»Ja«, sagte Piper, »das habe ich gehört.« Sie biss die Zähne zusammen. Ein normaler Mensch mit einem normalen Leben und nichts zu verbergen hätte angeboten, sich irgendwann einmal erkenntlich zu zeigen. Piper konnte es nicht. »Nun, noch einmal danke«, fügte sie verlegen hinzu.

»Kein Problem«, sagte Bonnie und winkte, als sie mit dem Kindersitz zu ihrem eigenen Wagen ging.

»Was gibt's zum Abendessen?«, fragte Phoebe, als Piper das Haus betrat.

»Leber – deine, wenn du mich das noch mal fragst«, murmelte Piper und schlurfte in die Küche.

»Schlechte Laune? Was ist denn jetzt wieder passiert?«, fragte Phoebe. Sie folgte ihrer Schwester.

»Eine Menge.«

Phoebe setzte sich auf die Anrichte und machte ein teilnahmsvolles Gesicht. Piper ließ sich mit einem müden Seufzer auf einen Stuhl sinken.

Die Haustür öffnete sich erneut, und nach einem Moment stürmte Paige in die Küche und sah für Pipers Geschmack viel zu munter aus.

»Was gibt's zum Abendessen?«, fragte Paige.

Pipers Augen verengten sich gefährlich. »Leber.«

»Gut für mich, schlecht für dich«, sagte Phoebe mit einem verschmitzten Lächeln.

»Was soll das heißen?«, fragte Paige, während sie sich ein Glas Wasser einschenkte.

»Piper hat *keinen* guten Tag.«

»Ah, dann gibt's Pizza«, sagte Paige. »Peperoni?«

»Vegetarisch«, schlug Phoebe vor.

Paige lehnte sich an die Anrichte und nippte an ihrem Wasser. Piper war zu müde, um sich dafür zu interessieren, welche Pizza bestellt wurde, von der Debatte darüber ganz zu schweigen.

»Oder wir könnten uns chinesisches Essen bringen lassen«, sagte Paige. »Der neue Lieferjunge ist schrecklich süß.«

»Du hast gute Laune«, stellte Phoebe fest.

»Das liegt daran, dass ich morgen Abend in die Philharmonie gehe«, erklärte Paige.

Die Philharmonie. Das klingt nett. Ich kann mich nicht erinnern, wann Leo und ich zum letzten Mal etwas derart Romantisches gemacht haben, dachte Piper.

»Ooh, was ziehst du an?«, fragte Phoebe.

»Ich weiß nicht, ich hab noch gar nicht darüber nachgedacht«, antwortete Paige.

»Tja, dann solltest du besser damit anfangen«, meinte Piper.

»Wirklich?«, fragte Paige.

»Ja, wirklich«, bekräftigte Phoebe. »Du kannst nicht irgendetwas tragen. Das wäre stillos.«

»Richtig«, stimmte Piper zu und ließ ein arrogantes Lächeln aufblitzen.

»Okay. Vielleicht kann mir eine von euch heute Abend helfen, meinen Kleiderschrank durchzusehen«, sagte Paige.

»Also, was ist dir heute passiert?«, wandte sich Phoebe wieder an Piper.

»Kinder.«

»Kinder?«, fragte Paige.

»Jede Menge Kinder.«

2

DEN MORGEN DES NÄCHSTEN TAGES verbrachte Piper im *P3*, dem Klub, der ihr gehörte, sah die Bücher durch und erledigte die Bestellungen. Alles schien in Ordnung zu sein, und das war ja wenigstens mal eine gute Nachricht. Sie hatte es geschafft, den Manager der Band zu erreichen, die dieses Wochenende im Klub spielen würde. Besser noch, der Manager wusste, wer sie war, und seine Schützlinge waren bereit.

Gott sei Dank. Ich bin nicht in Stimmung, um mich mit einer Doppelbuchung oder einer Kehlkopfentzündung herumzuschlagen, dachte sie. Der Tag fängt gut an – wesentlich besser als der gestrige jedenfalls.

Kurz nach eins entschied sie, für ein paar Stunden nach Hause zu fahren, um am Abend in den Klub zurückzukehren und mit dem Barkeeper alles weitere zu besprechen. Wahrscheinlich werde ich mir danach den Rest des Abends freinehmen, sagte sie sich, heiß baden, ein gutes Buch lesen und vielleicht etwas schmusen, wenn ich Leo erreichen kann.

Als sie ins Auto stieg, spielte der Radiosender einen ihrer Lieblingssongs. Sie lächelte und lehnte sich im Sitz zurück. Selbst der Verkehr war nicht so dicht wie sonst, und die Fahrt dauerte nicht lange. Als sie daheim ankam, stieg Piper die Treppe zur Haustür hinauf und sang weiter vor sich hin, wenn auch viel leiser als zuvor im Wagen. Sie wollte bei den Nachbarn kein Aufsehen erregen. Als sie die Haustür erreichte, hörte sie hinter sich ein Geräusch – ein leises Wimmern.

Mit einem Anflug von Panik wurde Piper klar, dass sie nicht allein war, und sie fuhr herum. Was sie sah, ließ ihr Herz sinken. »Oh, nein«, keuchte sie.

Dort, hinter ihr am Fuß der Treppe, kauerte ein kleines Kind. Es hatte ein ganz schmutziges Gesicht und die größten Augen, die sie je gesehen hatte.

»Geh nach Hause«, zischte sie und fuchtelte mit den Händen.

Der kleine Junge rührte sich nicht.

»Los, verschwinde«, sagte sie und gestikulierte noch etwas nachdrücklicher.

Er kam näher.

»Nein, du kannst nicht mit reinkommen. Wo sind deine Mommy und dein Daddy?«

Der Junge trat einen weiteren Schritt vor, sagte aber nichts.

»Wie heißt du?«

Jetzt klammerte er sich an sie. Sie versuchte, ihn sanft abzuschütteln, doch er hielt sich fest. Schließlich griff sie nach unten und löste seine Hände von ihrem Bein. Sie lief die Treppe hinunter auf die Straße und schaute sich verzweifelt um.

Niemand war zu sehen. »Vermisst irgendjemand ein Kind?«, rief sie.

Mit einem resignierten Seufzer kehrte sie schließlich zurück. Sie öffnete die Tür, und der Kleine tapste vor ihr hinein.

»Wow, was haben wir denn hier?«, fragte Phoebe, als sie die Treppe herunterkam.

»Einen meiner Schatten«, sagte Piper und zog eine Grimasse.

»Du singst schön«, sprudelte der Junge hervor.

»Du hast für ihn gesungen?«, fragte Phoebe mit amüsiertem Gesicht.

»Nicht jetzt, Phoebe«, sagte Piper und funkelte sie an.

»Für mich willst du nicht singen, und ich gehöre zur Familie«, stichelte Phoebe.

»Phoebe, ich brauche hier deine Unterstützung, okay?«, zischte Piper.

»Ich weiß nicht, Piper«, meinte Phoebe lächelnd. »Du hast offenbar einen kleinen Fan. Ich will mich da nicht einmischen.«

»Phoebe!«

Plötzlich schrie der Junge aus Leibeskräften, und die beiden Frauen zuckten zusammen.

In einer modischen Boutique in der Innenstadt hatte Paige mit ganz anderen Problemen zu kämpfen. Mit Kleiderproblemen, um genau zu sein. Sie stand vor einem großen Spiegel und hielt vier verschiedene Kleider im Arm. Eine Verkäuferin in einem teuren Hosenanzug versuchte erfolglos, ihr zu helfen. Sie und Paige waren allein im Laden.

»Okay, wir haben die Auswahl reduziert«, sagte Paige mehr zu sich als zu Mary, der unglücklichen Angestellten. »Wir haben das Weiße mit den Schnüren«, sagte sie und hielt das Kleid an ihren Körper. Es war kurz und figurbetont, mit Dutzenden von schmalen Schnüren, die im Zickzack über ihre Schultern und ihren Rücken liefen.

»Wir haben das verführerische Rote«, erklärte sie und griff nach einem roten Kleid, das bodenlang, aber fast bis zur Hüfte geschlitzt war.

»Wir haben das provokative Grüne«, fuhr sie fort und hielt ein langes, elegantes, rückenfreies Kleid hoch.

»Und dann ist da noch das klassische Schwarze.« Sie hielt das schwarze Kleid an ihren Körper. Es war kurz, mit einem tiefen Ausschnitt und langen, hauchdünnen Ärmeln.

»Sie sind schon eine Stunde hier. Jedes einzelne Kleid sieht toll an ihnen aus, also entscheiden Sie sich«, drängte Mary schließlich, von Paiges Unentschlossenheit völlig entnervt.

»Aber ich will nicht das Falsche nehmen. Ich will ganz toll aussehen, wenn ich in die Philharmonie gehe.«

»Sie gehen *heute Abend* in die Philharmonie, richtig?«

»Ja.«

»Also müssen Sie in den nächsten fünf Minuten eine Entscheidung treffen, damit Sie noch genug Zeit haben, sich umzuziehen, ihre Haare zu richten, Make-up aufzutragen und pünktlich anzukommen.«

Paige sah auf die Uhr an der Wand. »Sie haben Recht.«

»Also gut«, sagte Mary. Sie stand auf, nahm Paige das weiße Kleid ab und warf es auf einen Stuhl. »Es dauert zu lange, das anzuziehen.«

Sie griff nach dem Roten und erklärte: »Zu nuttig.«

Dann riss sie das Grüne aus Paiges Hand, bevor diese auch nur Zeit fand, gegen die ersten beiden Entscheidungen zu protestieren. »Darin werden Sie sich zu Tode frieren.«

Mary schlug mit dem Handrücken gegen das schwarze Kleid. »Nehmen Sie das Schwarze. Klassisch, elegant. Sie werden großartig aussehen und nicht aus der Menge herausstehen wie ein entzündeter Daumen.«

»Danke«, sagte Paige und nickte, als ihr langsam dämmerte, dass Mary wohl die richtige Auswahl getroffen hatte. »Ich nehme es.«

»Das ist es? Sie hören auf mich? Ich hätte es Ihnen schon vor einer Stunde empfehlen sollen.«

»Ja, das hätten Sie«, erwiderte Paige und tätschelte tröstend ihren Arm. Sie merkte, dass Marys Verärgerung noch wuchs, doch nichts würde Paiges Abend ruinieren. Außerdem war es Marys Job, mit wählerischen Kundinnen umzugehen, und Paige konnte unmöglich die schlimmste sein. Schließlich, dachte sie, weiß ich, dass Phoebe hier einkauft.

Eine halbe Stunde später wussten Piper und Phoebe noch immer nicht, wer der kleine Junge war. Abgesehen von seiner begeisterten Bemerkung über Pipers Gesang hatte er kein Wort gesagt. Piper war nicht sicher, ob er nicht richtig sprechen konnte oder einfach nicht wollte. Sie hatte ihm etwas Milch gegeben und Phoebe von den Ereignissen ihres Tages erzählt. Phoebe hatte dabei nur amüsiert gegrinst, was Pipers Laune auch nicht verbesserte.

»Also, wie willst du ihn nennen?«, fragte Phoebe.

»Ihn nennen? Neeiin. Wir werden ihn nicht behalten«, protestierte Piper und verschränkte die Arme vor der Brust.

»Nun, dann sollten wir uns schnell etwas einfallen lassen«, erklärte Phoebe mit hochgezogenen Brauen. »Denn er ist gegen unser Mobiliar gesprungen und verdreckt jetzt die Ecke.«

»Wie meinst du das, er verdreckt jetzt die Ecke?«, fragte Piper.

Phoebe machte eine Geste, und Piper folgte ihrer ausgestreckten Hand. Der kleine Junge stand in der Ecke und erbrach sich.

»Nein! Hör auf … äh … wie auch immer du heißt!«,

schrie Piper und rannte zu ihm. »Wir machen so etwas hier nicht. Wir gehen ins Badezimmer.«

»Am besten wartest du, bis er fertig ist, Piper. Sonst kannst du auch noch den Flur putzen.«

Piper wollte es zwar nicht zugeben, aber wahrscheinlich hatte Phoebe Recht. Sie unterdrückte einen frustrierten Ausruf und stellte das Kind wieder auf den Boden, wobei sie sorgfältig darauf achtete, dass es sich nicht auf ihre Kleidung übergab.

Sie richtete sich langsam auf und kämpfte die Übelkeit nieder, die der Geruch des Erbrochenen bei ihr auslöste. »Das reicht, ich will keine Kinder haben. Niemals.«

»Nun, das ist ziemlich hart. Was würde Leo dazu sagen?«, fragte Phoebe.

»Er würde widersprechen. Leo *wünscht* sich Kinder.«

»Wirklich? Ich würde liebend gern die Tante Phoebe sein.«

»Das Problem ist, ich glaube nicht, dass es mir gefallen würde, Mommy zu sein.« Piper sah auf den kleinen Jungen hinunter. Er schien sich endlich nicht mehr übergeben zu müssen. Er tapste davon, und sie stand einen Moment da und starrte das Erbrochene an.

»Du wirst eine tolle Mutter abgeben«, versicherte Phoebe.

»Meinst du wirklich?«

»Ehrlich«, antwortete Phoebe mit ernster Stimme. »Und ich denke, du wirst es wissen, wenn du bereit dafür bist.«

»Das wird nicht so schnell geschehen, das kann ich dir garantieren«, knurrte Piper. Sie ging in die Küche, um ein paar feuchte Papiertücher zu holen.

Als Piper ins Wohnzimmer zurückkam, sagte Phoebe: »Du wirst vielleicht überrascht sein. Ich hörte, die kleinen

Hosenscheißer können einem ans Herz wachsen.« Sie schnitt dem kleinen Jungen Grimassen, und er lachte fröhlich.

»Toll, Phoebe, sorg ruhig dafür, dass er sich bei uns zu Hause fühlt. Jetzt werden wir ihn nie mehr dazu bringen, von hier zu verschwinden.«

»Er wird verschwinden, wenn er dazu bereit ist. Ich schätze, in vierzehn Jahren oder so, wenn er aufs College geht.«

»Sehr witzig. Wenn das so ist«, sagte Piper und reichte Phoebe die Papiertücher, »kannst du hinter ihm sauber machen.«

»Tja, Mom, das würde ich liebend gern tun, aber ich muss jetzt wirklich los.«

»Phoebe Halliwell, wage es nicht, mich mit ihm allein zu lassen«, schrie Piper, als Phoebe zur Tür eilte.

»Ups! Ich denke, das sind deine«, sagte Phoebe von draußen, kurz bevor sie die Tür schloss.

»Was? Phoebe, komm zurück!« Piper folgte ihrer Schwester, aber Phoebe war zu schnell. Sie fuhr bereits davon, als Piper die Tür erreichte.

Doch das war nun das geringste von Pipers Problemen. Drei kleine Mädchen standen auf der obersten Stufe und blickten zu ihr auf. Eins von ihnen hielt ein kleines Kinderkeyboard in der Hand, ein anderes eine winzige Gitarre und das dritte ein Tamburin. »Jubel, Trubel, die ganze Bande ist hier«, knurrte Piper mit zusammengebissenen Zähnen. »Ich nehme an, keine von euch hat einen Namen?«

Paige bezahlte das Kleid und fuhr nach Hause. Im Manor fand sie ein einziges Durcheinander vor.

»Piper? Was ist hier los?«, fragte Paige, als sie die Papiere betrachtete, die überall verstreut auf dem Boden lagen. Von oben konnte sie das Tappen vieler rennender Füße hören.

»Paige, Gott sei Dank, dass du hier bist. Du musst mir helfen«, sagte Piper, die aus dem Nebenraum gerannt kam. Ihre Gesichtszüge waren mehr als angespannt und sie strich eine Haarlocke aus den Augen, die immer wieder zurückfiel. Piper funkelte die Strähne an. »Eine Schere«, zischte sie. »Das wird mein Problem lösen.« Sie machte kehrt und ging in die Küche.

»Ah, Piper«, sagte Paige. Sie trat eilig vor und packte ihre Schwester an der Schulter. »Du willst dir selbst die Haare schneiden? Das ist keine gute Idee. Vor allem dann nicht, wenn du aufgebracht bist. Und wann hast du dich eigentlich entschlossen, eine Kindertagesstätte zu eröffnen?«

»Paige, du musst mir helfen, oder ich werde noch verrückt. Überall sind Kinder …« Piper brach mitten im Satz ab, und ihre Augen weiteten sich vor Entsetzen.

»Nein!«, schrie sie. »Stell das hin!«

Sie rannte los, und Paige drehte gerade noch rechtzeitig den Kopf, um zu sehen, wie ihre Schwester ein Einmachglas mit wer weiß was darin aus den Händen eines kleinen Mädchens riss. Paige konnte den Inhalt des Glases nicht erkennen, doch das Glas selbst verriet ihr, dass es sich nicht um ein harmloses Gewürz handelte, das die Kinder in der Küche gefunden hatten.

Paige zog ihre Brauen hoch und formte lautlos das Wort »Okay«, bevor sie sich hastig nach oben ins Badezimmer zurückzog. Dort angekommen versperrte sie die Tür und duschte kurz. Sie ertappte sich dabei, wie sie vor sich hinsummte, als sie sich schminkte und ihre Haare hochsteckte.

Ein lautes Klopfen an der Tür ließ sie so heftig zusammenzucken, dass sie sich mit einer Haarnadel stach.

»Ich muss mal!«, schrie eine helle Jungenstimme.

Paige wandte sich wieder dem Spiegel zu, aber das Klopfen wurde lauter und heftiger. Schließlich gab sie nach.

»Schon gut«, sagte sie und riss die Tür auf.

Sie wich zur Seite, als ein kleiner Junge an ihr vorbei zur Toilette rannte. Er hatte die Hose bereits heruntergelassen.

»Jesses«, sagte Paige. Sie verließ hastig das Badezimmer und schloss hinter sich die Tür, um dem Kind etwas Privatsphäre zu gönnen. »So was sieht man nicht jeden Tag«, murmelte sie vor sich hin.

Sie stürzte in ihr Zimmer, zog sich um und griff nach einem Paar schwarzer hochhackiger Schuhe. Sie drehte sich noch einmal kurz vor dem Spiegel und lächelte zufrieden.

»Paige!«, rief Piper.

Paige fuhr zusammen und öffnete ihre Zimmertür einen Spalt weit. Piper ging den Flur hinunter und drehte ihr den Rücken zu. Perfekt. Sie verließ ihr Zimmer, die Schuhe in der Hand, und schlich leise zur Haustür. Sie wusste, dass sie bleiben und ihrer Schwester helfen sollte, aber sie konnte es einfach nicht. Sie hatte zu viel Geld für ihr Kleid ausgegeben, um es nur zu tragen, während sie hinter einer Horde Kinder sauber machte.

Ihre Hand war am Türknauf, als sie hinter sich eine Stimme hörte, die fragte: »Wohin gehst du?«

»Pst«, zischte Paige. Sie fuhr herum und sah ein kleines Mädchen in einem rosa Kleid.

Das kleine Mädchen kniff nur die Augen zusammen. »Ich werde dich verpetzen!«

»Nein, warte!«, flüsterte Paige.

Es nutzte nichts. Das kleine Mädchen machte kehrt und rannte mit wippendem Pferdeschwanz ins andere Zimmer. Jetzt half nur noch Schnelligkeit. Paige gab alle Heimlichkeit auf, riss die Tür auf und rannte nach draußen.

Es klingelte an der Tür, und Piper, die in der Küche stand und nach Luft schnappte, zuckte zusammen. »Was ist denn jetzt schon wieder?«, sagte sie. Sie lehnte sich an den Kühlschrank und musterte das Meer aus schmutzigen Gesichtern um sie herum. »Ihr bleibt hier. Niemand rührt sich, okay?«

Nur verständnislose Blicke antworteten ihr. »Ach, vergesst es«, seufzte sie und warf frustriert die Hände hoch.

Sie stieg über mehrere krabbelnde Kinder hinweg, erreichte schließlich die Tür – nachdem sie zwei Mal gestolpert war – und riss sie auf. »Geh nach Hause!«, schrie sie.

»Äh, Piper, bist du okay?«

»Darryl! Es tut mir schrecklich Leid«, sagte Piper und starrte überrascht den hoch gewachsenen Police Officer an. »Ich hatte nicht erwartet, dass du es bist.«

»Ja, das habe ich gemerkt. Kann ich reinkommen?«

»Sicher. Was gibt es?«, fragte sie, während sie die Tür weiter öffnete und zurücktrat.

»Ich habe versucht, dich anzurufen, aber euer Telefonhörer liegt nicht auf der Gabel. Wie es scheint, hat es in der ganzen Stadt zahlreiche Entführungen gegeben. Dutzende von Kindern werden vermisst. Es ist wie eine Epidemie.«

»Interessant. Hast du irgendeine Vermutung, wer dafür verantwortlich ist?«

»Nein. Aber aus irgendeinem Grund dachte ich, dass ihr es vielleicht wisst«, sagte er und trat ein. »Es scheint sich um ein übernatürliches Phänomen zu handeln.«

Piper schloss die Tür und führte ihn ins Wohnzimmer. »Nun, du bist hier richtig, aber ich fürchte, ich habe keine Antworten für dich. Nur noch mehr Fragen.«

Darryl blieb abrupt stehen. Seine Kinnlade fiel nach unten, als er die Horde Kinder anstarrte. »Wo … wie … sind das die vermissten Kinder?«

»Das sind alles ausgezeichnete Fragen, Darryl, und ich bin so froh, dass du hier bist, um mir zu helfen, sie zu beantworten.«

»Moment, den kenne ich«, erklärte Darryl und zeigte auf einen kleinen blonden Jungen, der mit Stäbchen auf den Boden trommelte. Er griff in seine Tasche und zog ein Foto des Kindes heraus.

Piper nahm das Bild und starrte es einen Moment an. Die Ähnlichkeit war nicht zu übersehen. Sie drehte das Foto um. *Donny, vier Jahre.* »Donny, vier Jahre, du hörst sofort damit auf!«, rief sie.

Der kleine Junge blickte mit großen Augen auf und ließ die Stäbchen fallen. »Musik schön«, schmollte er, bevor er seinen Daumen in den Mund steckte.

»Es sieht so aus, als wären das deine vermissten Kinder, Darryl. Was bedeutet, dass *du* sie alle nach Hause bringen wirst.«

»Was? Warum ich?«, fragte er.

»Du bist der Detective. Du kannst dir wenigstens eine plausible Erklärung für ihr Verschwinden einfallen lassen, wenn du mit ihren Eltern sprichst.«

»Und du nicht?«

Piper gab ein kurzes, sarkastisches Lachen von sich. »Nein, denn irgendwie klingt ›Mann, ihr Kind scheint mir nach Hause gefolgt zu sein‹ nicht einmal für mich überzeugend. Du wirst dich also um sie kümmern, und ich werde im *Buch der Schatten* nachschlagen.«

Sie war schon halb die Treppe hinauf, als Darryl fragte: »Was ist mit deinen Schwestern?«

»Tja, die hatten beide etwas Besseres zu tun. Wie praktisch für sie.«

»*Ich* habe auch etwas Besseres zu tun«, protestierte Darryl.

»Nein, das hast du nicht«, rief sie über ihre Schulter.

Sobald Piper auf dem Dachboden war, schloss sie erleichtert hinter sich die Tür. »Wenigstens kann ich hier oben ihre schrillen Stimmen nicht hören«, sagte sie sich, als sie zu dem Buch hinüberging.

Der Dachboden war voller alter Möbel, Kleidung, Kartons und den Erinnerungen mehrerer Leben. Er war immer ein Ort des Trostes und der Zuflucht gewesen. Er war außerdem ein Ort der Antworten – Antworten, die Piper verzweifelt brauchte. Das *Buch der Schatten* enthielt Zaubersprüche und Informationen über jeden Dämon und Hexer, über jedes magische Wesen, mit denen die Vorfahren der *Zauberhaften* im Lauf der Jahrhunderte konfrontiert worden waren. Irgendetwas Hilfreiches muss doch in dem Buch stehen, dachte sie.

Sie schlug es auf und blätterte durch die Seiten. Sekunden später hörte sie kleine Fäuste an die Tür klopfen. »Piper, lass uns rein«, bettelte eine piepsige Stimme.

»Nicht jetzt. Geht zu Onkel Darryl«, rief sie scharf.

Draußen wurde es still, dann setzte Schniefen ein. Sie wartete eine Minute und hoffte, dass es aufhören würde, aber das Weinen schien nur noch lauter zu werden. »Um Himmels willen«, sagte sie und ging zur Tür. Sie riss sie auf und fror die sechs tränenüberströmten Kinder ein, die davor standen.

Sie hörte schwere Schritte auf der Treppe. »Kinder, kommt zurück! Lasst Tante Piper in Ruhe.«

»Tante?«, fragte Piper mit hochgezogener Braue, als Darryl in ihr Blickfeld kam.

»Es könnte schlimmer sein«, keuchte er. »Es könnte ›Mommy‹ sein. Wie würde es dir gefallen, so viele Kinder zu haben?«

»Nicht besonders«, antwortete sie.

Darryl sah die erstarrten Kinder an. »War das wirklich nötig?«

»Ja«, sagte Piper nachdrücklich. »Jetzt sei still. Ich muss arbeiten, und dort unten ist ein Dutzend weiterer Kinder, um die du dich kümmern musst.«

»Mach vierzehn draus.«

»Bitte?«

»Zwei weitere sind gerade vor deiner Tür aufgetaucht.«

»Darryl, du hast sie hereingelassen?«

»Was hätte ich denn sonst tun sollen? Sie draußen stehen lassen?«

»Ja! Auf jeden Fall!«, rief Piper. Sie konnte nicht verhindern, dass die Verzweiflung, die sie verspürte, in ihrer Stimme mitschwang.

»Zwillinge, höchstens drei Jahre alt. Klar. Außerdem sieht es nicht gerade so aus, als hättest du sie draußen stehen lassen«, meinte Darryl mit einem sarkastischen Unterton.

Piper stampfte mit dem Fuß auf und dachte daran, auch Darryl einzufrieren. In dem Moment hörte sie unten ein Krachen. Ein Knurren drang aus ihrem Mund. »Geh und kümmer dich darum, oder ich werde sie alle einfrieren.«

Darryl sah Piper kopfschüttelnd an, bevor er die Treppe hinuntereilte. Piper schloss wieder die Tür und ließ die eingefrorenen Kinder draußen stehen.

Nachdem sie ein paar Minuten geblättert hatte, seufzte sie und schlug das Buch zu. »Ich weiß nicht einmal, wonach ich suche.« Was konnte dafür verantwortlich sein, dass die Kinder ihr folgten? War es ein Zauber?

Das Haus erbebte leicht. Vielleicht ist das Ganze eine schreckliche neue Form eines dämonischen Angriffs, sagte sie sich.

»Leo!«, rief sie.

»Ich arbeite schon daran, Schatz«, erklärte ihr Mann, als er neben ihr materialisierte.

Von unten drang ein weiteres Krachen herauf, gefolgt von Darryls lauter Stimme.

»Besteht irgendeine Chance, dass du schneller arbeiten kannst?«, zischte Piper.

Leo schüttelte den Kopf. »Hast du irgendetwas im *Buch der Schatten* gefunden?«

»Ich weiß es nicht. Ich kann mir nicht einmal vorstellen, wonach ich suchen soll.«

»Vielleicht können Phoebe und Paige helfen.«

»Phoebe und Paige. Klar, was für eine tolle Idee. Warum habe ich nicht selbst daran gedacht?«, gab sie sarkastisch zurück. »Oh, warte … hab ich sogar. Aber wie du deutlich sehen kannst, sind sie nicht hier. Sie haben nur gelacht und sich mit lahmen Entschuldigungen verdrückt.«

»Nun, ich bin sicher, wir werden für alles eine Erklärung finden«, meinte Leo.

Sein Optimismus, dachte Piper, ist eine seiner nervigeren Eigenschaften.

Ein drittes Krachen drang von unten herauf. Piper verschränkte die Arme, funkelte Leo an und dachte darüber nach, auch ihn einzufrieren.

»Warum gehen wir nicht wieder nach unten?«, schlug er vor.

»Schön«, sagte sie, stapfte zur Tür und öffnete sie. Sie löste die Kinder aus ihrer Erstarrung, bevor Leo fragen konnte, was passiert war.

»Piper, wo ist meine Mommy?«, fragte ein kleines Mädchen mit Engelsgesicht.

»Wie heißt du?«, entgegnete Piper.

»Tammy Reynolds.«

»Darryl, hast du eine Tammy Reynolds in deiner Fotosammlung?«, rief Piper die Treppe hinunter.

»Nein«, schrie Darryl. »Tut mir Leid.«

»Reynolds. Nun, das ist ein Anfang. Wie ist der Vorname deiner Mommy?«

»Mommy.«

Piper schlug sich mit der Hand gegen die Stirn und stöhnte. Leo legte seinen Arm um ihre Schultern.

»Wie nennt dein Daddy deine Mommy?«, fragte Leo.

Gute Idee, dachte Piper.

»Baby.«

»Ah, ich verstehe«, nickte Leo mit einem leichten Stirnrunzeln. »Und wie nennt deine Mommy deinen Daddy?«

»Schätzchen.«

»So viel dazu«, murmelte Piper.

»Nun, vielleicht sollten wir im Telefonbuch unter Reynolds nachschlagen.«

»Ja, vorausgesetzt, dass sie auch eingetragen sind. Außerdem gibt es bestimmt Hunderte Reynolds in der Stadt.«

»Woher weißt du das?«, fragte Leo.

Piper machte eine abfällige Handbewegung. »Als ich acht war, haben wir versucht, die Telefonnummer dieses Jungen rauszukriegen, auf den Prue ein Auge geworfen hatte. Komm, vielleicht kann Darryl rausfinden, wer sie ist.«

Piper wandte sich an die kleine Gruppe Kinder. »In Ordnung, alle gehen nach unten, und zwar pronto. Marsch, marsch.«

Die Kinder machten gehorsam kehrt und marschierten wie kleine Soldaten die Treppe hinunter. Da die Kleinen ihm nun gerade den Rücken zukehrten, nutzte Leo die Gelegenheit und orbte davon, bevor Piper protestieren konnte.

»Er ist derjenige, der Kinder haben will«, grollte sie. »Er sollte derjenige sein, der auf sie aufpasst.«

Während Paige auf ihrem Platz saß und darauf wartete, dass das Konzert begann, geschah etwas Unerwartetes. Was sie sah und hörte, löste Erinnerungen an ihre Kindheit aus, und sie ertappte sich dabei, wie sie leise weinte.

Schließlich blickte sie auf und flüsterte: »Ich liebe euch, Mom und Dad.«

Sie spürte, wie eine Welle aus Wärme sie durchflutete, und musste unwillkürlich lächeln. Sie wischte die Tränen ab, als die Lichter verblassten, und dachte: Und ich hab immer gedacht, ich würde nie mehr nach Hause kommen …

Als das Orchester spielte, lehnte sich Paige auf ihrem Sitz zurück, schloss die Augen und ließ sich von der Musik trösten.

Dann wurde es still, bis plötzlich ein neuer Laut die Luft erfüllte, süß und einschmeichelnd. Paige öffnete die Augen. Ein Mann stand dort und spielte ein Flötensolo. Die Musik berührte eine verborgene Saite in ihr, und sie fuhr abrupt hoch und beugte sich nach vorn.

Der Mann spielte mit solcher Leidenschaft, dass Paige spürte, wie ihr Herz schneller schlug. Sie atmete stoßweise und presste ihre Hand an ihre Brust.

Zu schnell war sein Solo zu Ende, und er nahm wieder Platz, während die übrigen Musiker weiterspielten. Paige sank auf ihren Sitz zurück, benommen und außer Atem. Wow!, dachte sie.

Kurz darauf begann die Pause, und Paige nutzte die Gelegenheit, um im Programmheft nachzuschlagen. Der Name des Flötisten war Dale Allen, und er hatte mit Orchestern auf der ganzen Welt gespielt. Begeistert las sie, dass er nach der Pause noch ein zweites Solo hatte.

Die Lichter wurden kurz gedämpft, um den Zuschauern zu bedeuten, wieder ihre Plätze einzunehmen. Paige schloss ihr Programmheft und wartete mit angehaltenem Atem darauf, dass das Konzert weiterging.

Als Dale Allen schließlich zu seinem zweiten Solo ansetzte, war Paige noch verzauberter als bei seinem ersten. Sie spürte den überwältigenden Drang, von ihrem Platz aufzuspringen und zu ihm zu laufen, um der Musik und dem Mann, der sie spielte, näher zu sein.

Aber dann – vielleicht zum Glück – endete sein Spiel, und erneut sank sie in ihren Sitz zurück, aufgewühlt und gleichzeitig enttäuscht. Ich werde auch das nächste Konzert besuchen, dachte sie fiebrig.

Sobald die Aufführung beendet war, versuchte Paige Eintrittskarten für den nächsten Abend zu bekommen. Das Konzert war bereits ausverkauft, aber sie konnte eine Karte für Samstag ergattern. Zufrieden fuhr sie nach Hause.

Als Piper die Treppe hinunterging, zupfte ein kleiner Junge aufgeregt an ihrem Ärmel. »Ich muss zum Klavierunterricht«, sagte er ernst.

»Kennst du den Namen deines Lehrers?«, fragte Piper mit verkniffenen Lippen.

»Nein.«

»Dann wirst du deine Klavierstunde leider versäumen.«

Sie erreichte das Ende der Treppe, betrat das Wohnzimmer und blieb wie angewurzelt stehen.

Sechs Kinder – und doppelt so viele Plüschtiere – saßen in einem Kreis um ihr bestes Geschirr.

»Was geht hier vor?«, fragte Piper.

»Wir machen ein Teddybärpicknick«, informierte ein kleines Mädchen sie und hielt einen der Plüschgäste hoch.

»Ich muss zum Klavierunterricht«, wiederholte der Junge und brach in Tränen aus.

»Ich habe dir bereits gesagt, dass es nicht geht. Wir wissen nicht, wer dein Lehrer ist«, stieß Piper mit zusammengebissenen Zähnen hervor. »Wir wissen nicht einmal, wer deine Eltern sind«, fügte sie gepresst hinzu.

»Er hat dieselbe Klavierlehrerin wie ich«, warf Tammy ein. »Mrs. Culp. Sie meint, ich soll meine Fingernägel schneiden, aber ich will nicht.«

»Aha«, machte Piper. »Du kennst nicht zufällig seinen Namen, oder?«

»Er heißt Jared Williams. Er wohnt gegenüber von mir.«

Piper blinzelte und konnte ihr Glück kaum fassen. Sie kniete vor dem Mädchen nieder. »Und kennst du deine Adresse?«

»Ja, auch meine Telefonnummer!«

Piper hätte vor Freude am liebsten geschrieen. Endlich

hatte sie eine Spur. Sie ergriff die Hand des Mädchens. »Dann lass uns deine Mommy anrufen.«

Die Reynolds und die Williams trafen binnen fünfzehn Minuten ein. Sie nahmen ihre Kinder, weinten und schimpften. Nach einer Minute mischte Piper sich ein.

»Entschuldigen Sie ... Sie wissen nicht zufällig, wer diese anderen Kinder sind, oder?«

Die beiden Elternpaare schüttelten die Köpfe. »Tut mir Leid«, sagte Jareds Vater. Eine Minute später waren sie gegangen und hatten zwei von Pipers Problemen mitgenommen.

»Darryl, über wie viele von diesen Kindern hast du Informationen?«, fragte Piper.

»Ah, lass mich nachschauen«, sagte er und zog einen Stapel Fotos aus seiner Tasche.

Er sah eilig die Bilder durch und blickte dann zu ihr auf. »Über insgesamt sechs.«

»Mehr nicht?«, rief Piper verzweifelt.

»Bis jetzt. Das könnte sich in den letzten Stunden geändert haben.«

»Schön, du bringst diese sechs aufs Polizeirevier. Setz dich mit ihren Eltern in Verbindung und finde heraus, ob weitere Kinder vermisst gemeldet wurden, seit du gegangen bist. Dann kommst du zurück und hilfst mir.«

»Ich hab keine Kindersitze in meinem Wagen«, protestierte er.

»Darryl, ich denke, es handelt sich um einen Polizeinotfall, meinst du nicht auch?«

Er starrte in das Meer aus Gesichtern. »Richtig. Ich werde langsam fahren und die Sirene einschalten.«

»Ich bin sicher, den Kindern wird das gefallen«, sagte sie.

Minuten später fuhr Darryl mit seinen sechs los, und Piper blieb mit zwölfen zurück.

»Okay«, rief Piper, laut genug, dass alle Kinder sie hören konnten. »Wer von euch kennt seine Telefonnummer oder Adresse?«

Sechs hoben ihre Hände. Okay, ein Fortschritt, dachte sie. »In die Küche mit euch. Wir müssen ein paar Anrufe tätigen.«

Eine Stunde später hatte Piper nur noch sechs Kinder in ihrer Obhut, und sie waren alle hungrig. Piper band ihre Haare zu einem Pferdeschwanz zusammen und krempelte ihre Ärmel hoch. Sie machte für jeden, sich eingeschlossen, Sandwiches mit Erdnussbutter und Marmelade.

Dann setzte sie sich mit den Kindern, vier Jungen und zwei Mädchen, an den Esszimmertisch. Sie sah eins der Mädchen an und fragte: »Woher kommst du?«

»Chicago«, antwortete das kleine Mädchen stolz.

Piper fiel die Kinnlade nach unten. »Das ist ziemlich weit weg.«

»Wir sind im Urlaub.«

»Wohnt ihr in einem Hotel?«

»Ja.«

»In welchem?«, fragte Piper, von plötzlicher Aufregung erfüllt.

»Weiß nicht.«

Piper sank das Herz. Bevor sie dem Mädchen weitere Fragen stellen konnte, klingelte das Telefon. Sie lief zu dem Apparat, während ihre kleinen Gäste »Telefon! Telefon!« schrien.

Es war Darryl. »Bitte sag mir, dass du gute Neuigkeiten hast«, flehte sie.

»Alle Kinder, die ich mitgenommen habe, wurden inzwischen von ihren Eltern in Empfang genommen. Vier weitere wurden als vermisst gemeldet, drei Jungen und ein Mädchen.«

»Das ist alles?«, fragte Piper verzweifelt.

»Tut mir Leid. Ich bin gleich mit den Fotos bei dir.«

Piper legte auf und kehrte zu den Kindern zurück.

Darryl hielt Wort und traf kurz darauf wieder im Manor ein. Er kam herein und erkannte augenblicklich vier der Kinder auf den Fotos, das Mädchen aus Chicago eingeschlossen.

»Darryl, was soll ich mit den beiden anderen machen?«, flüsterte Piper ihm zu.

»Ich weiß es nicht, Piper. Ich muss diese vier aufs Revier bringen und werde dann sehen, was ich herausfinden kann.«

»Du könntest sie *alle* mitnehmen«, sagte sie spitz.

»Piper, was ist, wenn wir ihre Eltern heute Nacht nicht finden können? Etwas Seltsames geht hier vor. Außerdem ist ein Polizeirevier kein Ort für Kinder. Das Jugendamt wird sich einschalten und die Kinder werden die Nacht in einem Kinderheim verbringen müssen. Je nachdem, was passiert ist, wird man vielleicht sogar ihre Familien unter die Lupe nehmen. Willst du wirklich die Kinder all dem aussetzen, wo sie hier doch völlig glücklich zu sein scheinen? Außerdem bist du eine Hexe. Wer hätte bessere Voraussetzungen dafür, die Eltern aufzuspüren?«

Sie konnte dem nicht widersprechen, was sie nur noch wütender machte. Sie fuchtelte mit der Hand. »Schön, geh. Aber du schuldest mir etwas, Mister.«

Darryl nahm den kleinsten Jungen auf den Arm und ergriff die Hand des Mädchens aus Chicago. »Fertig, Kinder?«, fragte er, als er sich zur Tür wandte. Dann schenkte er Piper ein verschmitztes Lächeln. »Viel Glück«, sagte er.

»Danke«, erwiderte sie und wünschte, der Sarkasmus in ihrer Stimme würde ihn zum Umkehren zwingen.

Piper schloss die Tür, drehte sich um und starrte den Jungen und das Mädchen an, die zurückgeblieben waren. Das Mädchen schien etwa vier und der Junge vielleicht drei Jahre älter zu sein.

»Nun, wie heißt ihr?«, fragte sie.

»Nicole Wilson.«

»Mark Johnson.«

»In Ordnung. Nicole, Mark, kennt einer von euch seine Telefonnummer oder Adresse?«

Nicole schüttelte nachdrücklich den Kopf.

»Wir sind gerade umgezogen und ich habe sie vergessen«, erklärte Mark. »Ich weiß, dass die letzten vier Zahlen 3124 sind.«

»Okay. Wie ist es mit den Vornamen eurer Eltern?«, fragte Piper und bemühte sich, ihre Stimme aufmunternd klingen zu lassen.

Erneut schüttelte Nicole den Kopf.

»Sandra und Paul«, erwiderte Mark.

»Super«, sagte Piper. Sie stand auf, nahm das Telefon und rief die Auskunft an. »Ja, San Francisco. Sandra oder Paul Johnson. Nicht verzeichnet? Sind Sie sicher? Tja, könnten Sie dann die nicht eingetragenen Nummern für mich überprüfen?« Frustriert knallte Piper den Hörer auf die Gabel und zwang sich, tief durchzuatmen.

Ich muss anders an die Sache herangehen, sagte sie sich. Denk nach. Sie setzte sich langsam wieder an den Tisch.

»Okay. Nicole, von wo bist du hierher gekommen?«

»Vom Park.«

»Wohnst du in der Nähe des Parks?«

»Ich glaube nicht.«

»Mark, wie ist es mit dir?«

»Von der Schule.«

Aha! Jetzt sind wir auf der richtigen Spur!, dachte Piper. »Wohnst du in der Nähe deiner Schule?«

»Ja, ich gehe immer zu Fuß nach Hause.«

»Sehr gut. Wie ist deine Adresse?«

»Ich habe doch schon gesagt, dass ich es nicht weiß. Ich weiß nur, wie ich von dort aus gehen muss.«

»Von der Schule?«

Er nickte.

»Wo gehst du zur Schule? Wie heißt sie?«

»Ich weiß es nicht. Schule«, sagte Mark.

Wahrscheinlich gibt es eine Menge Grundschulen in der Stadt, überlegte Piper mit zunehmender Mutlosigkeit.

»Wie lange hast du heute gebraucht, um von der Schule hierher zu kommen?«

»Nicht lange. Ich bin schnell gelaufen.«

Das reduzierte die Möglichkeiten zumindest. »Okay, machen wir einen kleinen Ausflug«, sagte Piper. Sie führte die Kinder hinaus zu ihrem Wagen.

Als sie an der vierten Grundschule vorbeifuhren, erkannte Mark das Gebäude wieder.

»Das ist meine Schule!«, rief er und hüpfte auf der Rückbank auf und ab.

»Okay, welchen Weg nimmst du?«, fragte sie.

Drei Minuten später hielten sie vor einem Haus. Piper parkte ein, und die drei stiegen aus.

»Ich weiß nicht, wie ich das alles deiner Mutter erklären soll«, seufzte Piper.

»Ach, meine Eltern sind sowieso noch gar nicht zu Hause«, informierte Mark sie.

»Es ist neun Uhr abends!«

»Meine Eltern arbeiten lange«, sagte er und zog einen Schlüssel aus seiner Tasche.

»Du meinst, du gehst allein nach Hause und bist bis spät in die Nacht hier allein?«, fragte sie ungläubig.

Er zuckte nur die Schultern und öffnete die Haustür. Piper folgte ihm hinein, um sich zu vergewissern, dass das Haus tatsächlich leer war.

»Du solltest dir deine Adresse einprägen«, mahnte sie ihn. »Hier, ich schreibe sie dir auf.«

Er sah verlegen drein. »Ich kenn meine Adresse.«

»Was?«, rief sie verdutzt.

Er senkte den Blick. »Es war so schön bei Ihnen. Ich wollte noch nicht heimgehen.«

»Und deine Telefonnummer?«

»Nein, die hab ich wirklich vergessen. Ich verwechsle sie immer mit der alten.«

»Mark, das war nicht nett von dir. Das war unehrlich.«

»Ich weiß. Es tut mir Leid.«

Sie stand da, starrte ihn an und wusste nicht, was sie als Nächstes sagen sollte.

»Okay, Sie können jetzt gehen«, informierte Mark sie.

Piper war hin- und hergerissen. Sie wollte ihn nicht ganz allein lassen. Andererseits war er daran gewöhnt, und es würde leichter sein, wenn sie seinen Eltern den Vorfall nicht erklären musste. Wenn sie einfach ging, würden sie wahrscheinlich nie erfahren, dass ihr Sohn den ganzen Tag nicht zu Hause gewesen war. Sie sollten es aber wissen, drängte eine Stimme in ihrem Hinterkopf.

Sie sah Nicole an und traf schließlich eine Entscheidung. »Schließ die Tür ab, wenn wir gehen.«

»Ich weiß«, nickte Mark und verdrehte entnervt die Augen.

Piper ging und wartete, bis sie hörte, wie der Schlüssel im Schloss gedreht wurde, und ging dann mit Nicole zurück zum Wagen. Als sie eingestiegen waren, fragte Piper: »Nun, was ist mit dir? Hast du mich auch angelogen?«

»Nein«, sagte Nicole ernst.

»Kannst du mir beschreiben, wie es in der Nähe eures Hauses aussieht?«

»Da sind andere Häuser.«

»Ich verstehe. Irgendwelche Schulen, Geschäfte?«, hakte Piper nach.

»Nein.«

»Okay, ich schätze, wir fahren zurück zum Manor.« Piper ließ den Motor an und fuhr nach Hause.

Als sie dort ankamen, lag Phoebe im Wohnzimmer auf der Couch. Sie trug einen Pyjama und las eine Zeitschrift.

»Mann, wie entspannt du aussiehst«, sagte Piper mit zusammengebissenen Zähnen.

»Mann, wie fertig du aussiehst«, konterte Phoebe. »Du hast noch immer jemand bei dir.«

»Ja, Nicole ist die Letzte. Wenn du mir hilfst, ihre Eltern zu finden, werde ich dich nicht im Schlaf erwürgen müssen.«

»Hast du versucht, den Aufenthaltsort ihrer Eltern auszupendeln?«, fragte Phoebe.

»Mit was?«, fragte Piper müde und ließ sich in einen Sessel fallen. Nicole setzte sich neben sie auf den Boden und lehnte ihren Kopf an Pipers Bein. Piper war zu erschöpft, um sich zu bewegen, und ließ ihren Kopf gegen die Rücklehne des Sessels sinken.

»Schätzchen, hast du irgendetwas von deiner Mommy dabei?«, fragte Phoebe und setzte sich auf.

Nicole nickte und zog eine Kette über ihren Kopf.

»Perfekt«, erklärte Phoebe und warf Piper einen triumphierenden Blick zu.

Piper streckte ihr die Zunge heraus. Sie blieb sitzen und verfolgte, wie Phoebe den Stadtplan holte. Heute Nacht suchen wir ausnahmsweise nicht nach dem Bösen, nur nach zwei Leuten, die noch nicht bemerkt haben, dass ihr Kind schon den ganzen Tag verschwunden ist, dachte Piper.

»Okay, lass uns herausfinden, wo ihre Eltern sind«, sagte Phoebe, als sie alles auf dem Esszimmertisch ausgebreitet hatte.

Piper blieb erschöpft im Sessel sitzen, als Phoebe mit der magischen Suche begann und die Kette über dem Stadtplan hin und her schwang. Eine halbe Stunde später hatten sie mithilfe eines Atlanten endlich die Antwort gefunden.

»Deine Eltern sind in Frankreich?«, fragte Phoebe Nicole.

Piper schreckte hoch. »Frankreich?«

»Ich weiß nicht, sie sind in den Urlaub gefahren«, erwiderte Nicole.

Piper wurde übel. »Wer passt auf dich auf?«

»Die Nanny. Ich mag sie nicht.«

Das darf doch nicht wahr sein, durchfuhr es Piper.

»Hast du irgendetwas von ihr dabei?« Phoebe ging zu Nicole hinüber und kniete sich vor sie hin.

»Nein.«

Piper sank enttäuscht in sich zusammen.

»Ich hab etwas von Schneeball.«

»Wer ist Schneeball?«, wollte Phoebe wissen.

»Mein Hund.«

»Ist er in eurem Haus?«, warf Piper ein, von neuer Hoffnung erfüllt.

»Ja.«

Das Mädchen zog einen kleinen Gummiball aus der Tasche und gab ihn Piper. Er war ziemlich klebrig, aber Piper kümmerte es nicht, dass er voller Hundesabber war.

»Ich versuch's«, sagte Phoebe. Sie nahm Piper den Ball aus der Hand und kehrte an den Esszimmertisch zurück.

Als Piper von ihrem Sessel aufstand, um zu sehen, was ihre Schwester erreicht hatte, lag der Ball auf einer Stelle des Stadtplans.

Zwanzig Minuten später öffnete eine sehr verängstigte junge Frau die Tür eines sehr luxuriösen Hauses und nahm Piper die Kleine aus dem Arm.

»Lauf ja nie wieder weg!«, schrie das Kindermädchen.

Mit aufgerissenen Augen legte Piper den Kopf zur Seite. Ihre Ohren klingelten von dem Geschrei. Kein Wunder, dass Nicole sie nicht mag, dachte sie.

»Vergiss das hier nicht«, sagte Piper und gab Nicole den Gummiball. »Schneeball würde ihn vermissen.«

»Danke, Piper«, sagte Nicole. »Willst du ihn kennen lernen?«

»Nein, wir müssen jetzt nach Hause fahren. Sei ein braves Mädchen.«

»Wo haben Sie sie gefunden?«, fragte das Kindermädchen mit einem anklagenden Ausdruck in den Augen.

So nicht, sagte sich Piper. »Ich glaube, wenn ich Sie wäre, würde ich mir ausschließlich Sorgen darüber machen, ob Sie Ihren Job behalten, wenn Nicoles Eltern erfahren, dass Sie sie im Park verloren haben.«

Der Frau klappte die Kinnlade nach unten, und Piper genoss einen Moment boshafter Befriedigung. Ohne ein weiteres Wort wandten sich die Schwestern ab und kehrten zu ihrem Wagen zurück.

3

Am ende des tages war Darryl ein nervöses Wrack. Er hatte dafür gesorgt, dass alle Kinder, die er von Piper übernommen hatte, wieder bei ihren Eltern waren. Normalerweise hätten ihn die Wiedersehensszenen, wie er sie den ganzen Nachmittag über immer wieder erlebt hatte, mit Freude erfüllt. Doch heute war er viel zu sehr mit der Frage beschäftigt gewesen, wie es dazu gekommen war und was er gegen das, was hier vor sich ging, unternehmen konnte. Er hatte kaum bemerkt, dass die Eltern Tränen vergossen und die Kinder zum Abschied gewinkt hatten. Es gab zu viele Fragen, die unbeantwortet blieben.

Als er die Lampe auf seinem Schreibtisch ausmachte und nach seinem Mantel griff, dachte er: Ich weiß nicht einmal, was für eine Geschichte ich mir ausdenken könnte, um zu erklären, warum es heute so viele vermisste Kinder gegeben hat und wieso ich so viele von ihnen so schnell gefunden habe. Er ging zu seinem Wagen und schloss die Tür auf.

Nachdem er sich angeschnallt hatte, saß er einen Moment da und rieb sich die Schläfen. Polizist zu sein war harte Arbeit, aber noch härtere Arbeit war es, die Tatsache zu verbergen, dass er manchmal mit drei Hexenschwestern zusammenarbeitete. Es gibt Tage, dachte er, an denen ich mir wünsche, ihr Geheimnis nicht zu kennen, Tage, an denen ich mir wünsche, ihnen nie begegnet zu sein. Doch die Wahrheit ist, dass sie ein Teil meines Lebens sind. Sie sind sowohl Freundinnen als auch Verbündete, und ich hätte manches von dem, was ich erreicht habe, ohne ihre Hilfe nicht geschafft.

Er fuhr, so schnell er konnte, nach Hause. Als er vor seiner Tür stand, hörte er von drinnen Gelächter.

»Verdammt«, fluchte er gepresst. Er hatte völlig vergessen, dass seine Schwester Estelle für ein paar Tage zu Besuch kommen wollte. Er hätte sie und seinen Neffen vom Flughafen abholen sollen.

Mit einem gezwungenen Lächeln ging er hinein. Ehe er ein Wort sagen konnte, warf ihm seine Frau einen anklagenden Blick zu.

Er hob die Hände. »Es tut mir Leid, aber du wirst nicht glauben, was ich für einen Tag hatte.«

»Schlimm genug, um zu vergessen, deine Schwester abzuholen?«

»Ja. Estelle, es tut mir schrecklich Leid. Hör zu, ich werde es morgen Abend wieder gutmachen. Wir gehen alle zusammen essen, und ihr könnt das Restaurant aussuchen.«

Estelle lachte und umarmte ihn. »Wir werden dich beim Wort nehmen, großer Bruder.«

»Das solltest du auch«, sagte er, während er sich umdrehte, um seine Frau zu küssen.

Plötzlich traf ihn etwas an der Kniescheibe. Er schrie auf und griff nach seinem Bein.

»Eric! Hör auf, deinen Onkel zu schlagen!«

»Genau, Eric, hör auf, deinen Onkel zu schlagen«, wiederholte Darryl, während er niederkniete und den Jungen ansah. Er umarmte ihn und nahm Eric dabei vorsichtig die elektrische Spielzeuggitarre ab, die er mit sich herumtrug. Als Darryl seinen eigenen Sohn in die Arme nahm, dachte er an die Ereignisse des Tages zurück, und er war froh, dass keins von den Kindern in seinem Haus vermisst wurde.

Darryls Träume in dieser Nacht wurden immer wieder von dem Lärm gestört, den Eric machte, wenn er zwischen Gästezimmer und Bad hin- und herstürmte. Ich schätze, er hat Schwierigkeiten, sich an die neue Umgebung zu gewöhnen, dachte er. Aber es wäre wirklich nett, wenn er mich schlafen ließe. Wer weiß, was mich morgen alles erwartet.

Am nächsten Morgen, noch immer ein wenig müde, fuhr er auf den Parkplatz der Polizeidienststelle, und erst jetzt fiel ihm ein, dass er sich keine Erklärung für die Geschehnisse des Vortags ausgedacht hatte. Aber niemand fragte ihn nach den Kindern, und so entspannte er sich allmählich. Da klingelte das Telefon.

»Darryl, weißt du was?«, fragte Piper am anderen Ende der Leitung.

»Ich fürchte ja«, sagte er. »Es war bisher ein guter Morgen, zu gut vermutlich.«

»Drei unserer kleinen Freunde sind zurück und dazu noch zwei neue.«

Darryl stöhnte, griff nach seinem Kaffeebecher und wünschte, er würde etwas Stärkeres als Espresso enthalten.

»Wenn du dich beeilst, kannst du sie vielleicht zurückbringen, bevor jemand sie als vermisst meldet«, sagte sie spöttisch.

Er stand seufzend auf. Als er zu seinem Wagen eilte, konnte er sich nicht entscheiden, ob er immer noch froh sein konnte, die Schwestern zu kennen, oder den Tag verfluchen sollte, an dem sie sich zum ersten Mal begegnet waren.

Piper seufzte, als sie den Hörer auflegte. Die fünf Kinder rannten die Treppe hinauf und hinunter und kreischten vor Vergnügen. Warum tun sie mir das an?, fragte sie sich.

»Okay, alle nach unten, und zwar sofort!«, rief sie streng.

Sie hatte es geschafft, dass alle brav auf der Couch saßen, als Darryl eintraf. Sein Gesicht war grimmig, als er hereinkam, und sie bemerkte, dass er sich nicht einmal die Mühe gemacht hatte, anzuklopfen.

»In Ordnung, alle kommen mit mir.«

»Wir wollen nicht gehen«, sagte Mark entschlossen.

»Tja, ihr müsst aber«, entgegnete Darryl. »Ich bin Polizist, und ihr solltet immer tun, was die Polizei euch sagt.«

»Mein älterer Bruder sagt, dass die Polizei grundlos Leute zusammenschlägt«, warf ein kleiner Junge ein.

»Das tut sie nicht. Nun, sie sollte es jedenfalls nicht tun. Sie tut es fast nie.« Darryl brach ab. »Steigt einfach in den Wagen, in Ordnung?«

»Aber ich darf nicht mit Fremden sprechen«, protestierte ein kleines Mädchen, das am Vortag nicht da gewesen war.

»Er ist doch kein Fremder«, mischte sich Piper ein. »Sein Name ist Darryl, und er ist ein sehr netter Polizist. Er wird euch helfen, eure Mommys und Daddys zu finden.«

Das kleine Mädchen blickte noch immer skeptisch drein.

Darryl verdrehte die Augen und sank auf die Knie. »Hört zu, haben eure Eltern euch gesagt, dass ihr im Notfall die 911 anrufen sollt?«

Alle Kinder nickten.

»Nun, wenn ihr von euren Eltern vermisst werdet, ist es ein Notfall, und sie werden die 911 anrufen, wenn sie herausfinden, dass ihr verschwunden seid. Wenn sie die 911 anrufen, kommt die Polizei.«

Das schien die Kinder zu überzeugen, und Piper seufzte vor Erleichterung. Die Kinder standen auf und trotteten zur Tür. Nur Mark blieb sitzen.

Er blickte mit flehenden Augen zu ihr auf. »Muss ich wirklich nach Hause?«

Irgendetwas rührte Pipers Herz. Vielleicht war es die Tatsache, dass sie wusste, dass er in ein leeres Haus gehen und stundenlang allein sein würde. Unwillkürlich sagte sie: »Darryl, ich werde Mark nach Hause bringen. Ich weiß, wo er wohnt.«

Darryl warf ihr einen fragenden Blick zu und nickte dann. »Tschüss, Piper.«

»Tschüss, Piper!«, riefen die Kinder in Darryls Obhut, als sie nach draußen gingen.

»Tschüss«, sagte sie, als sie zur Haustür ging und sie hinter ihnen schloss.

»Nun, was soll ich jetzt mit dir machen?«, fragte sie Mark, nachdem sie ins Wohnzimmer zurückgekehrt war.

Er zuckte die Schultern. »Ich kann mich selbst beschäftigen. Ich möchte nur eine Weile hier bleiben.«

Es war nicht richtig und verstieß gegen alles, was sie in den letzten Tagen gedacht und gefühlt hatte. Aber irgendetwas in seinen flehenden Augen erweichte ihr Herz.

»Okay. Aber geh nicht nach oben, und wenn du etwas essen willst, mach dir nichts selbst. Sag mir einfach Bescheid.«

Er nickte ernst.

Sie starrte ihn misstrauisch mit zusammengekniffenen Augen an. »Verstehen wir uns?«

»Ja.«

»Also gut. Die Fernbedienung liegt auf dem Fernseher.« Piper wandte sich ab und verließ lautlos fluchend den Raum.

Sie verbrachte die meiste Zeit oben, wo sie das Bad putzte und ihr Zimmer aufräumte. Hin und wieder schlich sie leise zur Wohnzimmertür und sah nach ihm. Er saß still da und sah fern. Jedes Mal wandte sie sich kopfschüttelnd wieder ab.

Nach drei Stunden ging sie zu ihm. »Okay, Mark. Es ist Zeit, nach Hause zu gehen.«

Er blickte mit flehenden Augen zu ihr auf. Sie schüttelte den Kopf. »Nein, meine Entscheidung steht fest. Es ist Zeit zu gehen.«

»Okay«, sagte er leise.

Sie seufzte erleichtert, als er vor ihr zur Tür trottete.

»Ihr hättet dabei sein müssen; ich sage euch, es war großartig. Und da war dieser Solist, ein Flötenspieler – ich habe in meinem ganzen Leben noch nie so etwas Schönes gehört«, schwärmte Paige nach dem Abendessen, als sich die Schwestern auf dem Sofa im Wohnzimmer entspannten.

»Ich bin froh, dass wenigstens eine von uns gestern Abend Spaß hatte«, meinte Piper sarkastisch. Sie war noch immer erbost, weil man sie mit all den Kindern allein gelassen hatte.

»Klingt so, als hätte jemand ein Auge auf diesen Musiker geworfen«, sagte Phoebe.

»Nein, Leute, so ist es nicht. Er hat nur irgendetwas Besonderes an sich, und ich fühle eine erstaunliche Verbindung zu ihm. Ich weiß nicht, wie ich es erklären soll.«

»Es ist eine Verbindung, in Ordnung – eine *Liebes*verbindung«, stichelte Phoebe grinsend.

»Hör auf«, befahl Paige. »Ihr beide solltet morgen Abend mit mir kommen.«

»Du gehst noch einmal hin?«, fragte Phoebe ungläubig. »Ich hatte keine Ahnung, dass dir diese Art Musik so gut gefällt.«

»Aber es ist so«, antwortete Paige leicht trotzig. Sie nahm ein Kissen und drückte es an sich. »Es war schon immer so. Sie gibt mir das Gefühl, in Kontakt mit meiner eigenen künstlerischen Seite zu sein.«

»Heißt das, wir können in naher Zukunft ein Gemälde von dir erwarten?«, fragte Piper.

»Vielleicht«, sagte Paige. Sie konnte ein Lächeln nicht unterdrücken.

»Gut, denn wir brauchen ein neues Bild im Wohnzimmer«, erklärte Piper. Sie sah nun etwas weniger mürrisch drein.

»Ja, um das zu ersetzen, das vorgestern beschädigt wurde«, fügte Phoebe hinzu.

»Ein Stadtpanorama wäre schön«, meinte Piper.

»Ooh, die Stadt in der Dämmerung«, flötete Phoebe.

»Leute, so funktioniert Kunst nicht. Nun, wenigstens nicht *meine* Kunst. Ich kann nicht bestimmen, was entsteht, es passiert einfach«, sagte Paige.

»Okay, schön«, nickte Piper.

»Geht es dir gut, Piper?«, fragte Paige und streichelte geistesabwesend das Kissen.

»Sie hat noch immer Kinderprobleme«, erklärte Phoebe.

»Noch immer? Ich dachte, du hättest gestern alle Blagen nach Hause gebracht.«

»Ja, aber heute, während ihr unterwegs gewesen seid, sind zwei neue aufgetaucht, und ich hatte drei Wiederholungstäter«, sagte Piper und schlang die Arme um sich.

»Du verwandelst dich in eine richtige Rattenfängerin«, scherzte Paige. »Wer hätte je gedacht, dass du ein Babymagnet bist?«

»Was soll das heißen?«, fragte Piper.

»Nichts«, antwortete Paige. Sie verdrehte die Augen. »Ich war mir nur nie sicher, ob du überhaupt Kinder haben willst.«

Piper funkelte Paige an.

»Was?«, fragte Paige.

»Leo will Kinder, Piper ist sich nicht so sicher«, übersetzte Phoebe.

»Woher weißt du das?«, wandte sich Paige an Phoebe.

Phoebe beugte sich vor und verschränkte ihre Hände. »Als Ratgeberkolumnistin habe ich gelernt, sowohl das zu studieren, was die Leute sagen, als auch das, was sie *nicht sagen.*«

Paige zog eine Braue hoch.

»Okay, schön«, gab Phoebe zu. »Ich habe Leo gefragt.«

»Phoebe!«, rief Piper und warf ein Couchkissen nach ihr.

»Nun, wie soll ein Mädchen sonst etwas herausfinden, wenn ihre Schwester so verschlossen ist?«, fragte Phoebe mit ihrem unschuldigsten Gesichtsausdruck.

»Du meinst, du wusstest bereits Bescheid, als ich es dir erzählt habe?«

Phoebe lächelte.

»Wisst ihr, manchmal bin ich wirklich froh, dass ich adoptiert wurde. Wäre ich hier mit euch beiden aufgewachsen, wäre ich wahrscheinlich genauso verkorkst wie ihr«, stichelte Paige.

»Hey!«, protestierten Piper und Phoebe gleichzeitig.

»Seht ihr«, sagte Paige, während sie sich streckte. »Ihr klingt sogar gleich. Unheimlich.«

»In Ordnung«, sagte Phoebe gähnend, als sie aufstand. »So sehr ich dieses schwesterliche Gespräch auch genieße, ich brauche meinen Schlaf.« Ein verschmitzter Ausdruck huschte über ihr Gesicht. »Wenn Leo seinen Willen bekommt, wird Piper hingegen nicht viel Schlaf finden.«

»Das reicht«, schrie Piper. Sie sprang auf und jagte eine kreischende Phoebe die Treppe hinauf.

Paige sank tiefer in die Couch und lachte leise. Es war gut zu sehen, dass alle ein wenig Spaß hatten. Sie dachte an das, was sie vorhin gesagt hatte. Sie war – meistens – froh, dass sie von ihren Adoptiveltern großgezogen worden war. Sie waren wundervolle Eltern gewesen. Doch tief in ihrem Innern bedauerte sie manchmal die Tatsache, dass sie ihre Schwestern nicht gekannt hatte, als sie noch jünger waren. Sie fühlte sich hin und wieder wie das fünfte Rad am Wagen, und sie wünschte, sie könnte all die Geschichten und Insiderwitze teilen, die Piper und Phoebe manchmal in ihre Gespräche einbauten.

Aber das ist okay, dachte sie. Wir entwickeln unsere eigenen Geschichten und Insiderwitze. Vielleicht werde ich mich eines Tages nicht mehr wie eine Außenseiterin fühlen.

Am nächsten Morgen hatte Piper Kopfschmerzen. Deshalb lag sie mit einem Eisbeutel auf der Couch, als Leo sich entschloss, bei ihr vorbeizuschauen.

Er kam durch die Haustür, und sie konnte seine Schritte im Flur vernehmen. »Ich will deine Entschuldigung nicht hören«, erklärte sie, mehr als nur ein wenig gekränkt, weil er gestern Nacht nicht aufgetaucht war.

»Es ist eine gute«, versicherte er.

»Das ist mir egal.«

»Okay. Aber es tut mir trotzdem Leid. Verzeihst du mir?«

»Ich werde darüber nachdenken.«

»Wie ist es gelaufen?«

»Frag nicht«, bat sie stöhnend.

Es klingelte an der Tür, und sie fuhr hoch. Ihr Herz raste. »Mach nicht auf!«

»Warum nicht?«, fragte Leo. Er wandte sich zur Tür.

»Es könnten noch mehr von ihnen sein.«

»Piper, ich fürchte, dir geht es wirklich nicht gut«, rief er aus dem Flur, und dann hörte Piper, wie die Tür geöffnet wurde.

Ein Junge mit weit aufgerissenen Augen stolperte mit einem Baby in den Armen herein.

»Nein, mir geht es definitiv nicht gut«, fauchte Piper. Zu dem Jungen sagte sie: »Geh nach Hause. Deine Mutter wird sich Sorgen um dich machen.«

»Ich weiß nicht, wie ich dorthin komme«, gestand der kleine Junge.

»Toll«, seufzte Piper. Sie sank zurück auf die Couch und schlug die Hände vor das Gesicht.

»Junge, warum bist du hierher gekommen?«, fragte Leo. Er kniete sich neben das Kind.

»Ich weiß nicht, ich musste es einfach tun.«

»Und erinnerst du dich, wie du hierher gekommen bist, welchen Weg du genommen hast?«

»Nein. Ich bin zu oft abgebogen.«

Piper gab einen leisen, frustrierten Schrei von sich. Der Junge rannte zu ihr. »Ist schon okay, Lady.« Er drückte ihr das Baby in die Arme. »Halten Sie Gracie. Das tun alle gern.«

»Nein, warte. Ich will sie nicht halten!«, protestierte Piper. Aber der Junge ignorierte sie und lief zu Leo, der ernst auf ihn einsprach. Piper sah Gracie an. Sie hatte ein unglaublich schönes, engelhaftes Gesicht, und Piper war gerührt. »Du würdest all diese Babys in den Werbespots vor Neid erblassen lassen, nicht wahr?«, fragte sie.

Das Baby schmiegte sich an sie. Piper blickte auf und sah, dass Leo sie mit einem Lächeln auf dem Gesicht und feuchten Augen anstarrte. Er wünscht sich wirklich ein Kind, dachte sie.

Sie erwiderte sein Lächeln. In diesem Moment biss Gracie sie in die Brust. »Au«, schrie Piper.

»Was ist los? Was ist passiert?«, fragte Leo und stürzte zu ihr.

»Sie hat mich gebissen!«, rief sie und hielt das Baby auf Armeslänge von sich weg.

»Sie hat nur Hunger, Lady«, sagte der kleine Junge.

»Mir ist es egal, was sie hat – nimm sie mir bloß ab!«

»Mary«, rief Paige, als sie die Boutique betrat.

Die Frau drehte sich um und sah Paige erstaunt an. »Stimmt etwas mit Ihrem Kleid nicht?«

»Nein, es ist toll«, versicherte Paige, »aber ich brauche ein anderes, das rote.«

»Das nuttige?«, fragte Mary.

»Genau«, bestätigte Paige fröhlich, bis ihr dämmerte, dass das wahrscheinlich keine gute Idee war. »Das mit dem Schlitz«, erklärte sie und zeigte auf ihr Bein.

»Ja, ich weiß«, sagte Mary mit einem gezwungenen Lächeln. Sie holte das Kleid und legte es auf den Tresen.

»Sie kennen meine Größe noch?«, fragte Paige.

»Wie könnte ich die vergessen? Ich musste Ihnen gestern jedes einzelne Kleid im Laden zeigen.«

»Ah. Das stimmt. Danke«, sagte Paige. Sie rang sich ein Lächeln ab.

Sie bezahlte für das Kleid, entschuldigte sich stumm bei ihrer Kreditkarte und ging pfeifend zur Tür. Es wird ein toller Abend, dachte sie. Jetzt muss ich nur noch die passenden Schuhe zu diesem Kleid besorgen. Und ich denke, ich weiß, wo ich sie bekommen kann.

Phoebe trommelte mit den Fingern auf ihren Schreibtisch. Warum habe ich heute solche Probleme, mich zu konzentrieren?, fragte sie sich. Sie konnte keinen Brief finden, der sie berührte; einer erschien ihr so belanglos wie der andere. Alle haben dieselben Probleme, nur die Verpackung ist anders, dachte sie. Sie drehte sich langsam mit ihrem Stuhl und blickte hinauf zur Decke.

Menschen, die zu sehr lieben, Menschen, die zu wenig lieben, Menschen, die nicht einmal wissen, was Liebe ist. Sie hörte auf, sich zu drehen, und schloss die Augen. Ich frage mich, ob Piper noch mehr ungebetene Gäste hat. Ich war wirklich nicht so mitfühlend, wie ich hätte sein können. Ich weiß, dass sie und Leo eine Menge durchmachen; es ist eine schwierige Entscheidung, ob man Kinder bekommen soll.

Trotzdem, auch wenn sie es nicht glaubt, ich weiß, dass sie eine tolle Mutter sein wird. Ich bin nicht sicher, ob das auch für mich gilt, aber ich hoffe, dass ich eines Tages die Chance bekommen werde, es herauszufinden.

Ein Klopfen riss sie aus ihren Gedanken. Sie setzte sich auf und öffnete die Augen.

»Tut mir Leid, dass ich Sie störe«, sagte ein junger Mann, wahrscheinlich ein neuer Praktikant.

»Kein Problem. Wie kann ich Ihnen helfen?«

»Äh, vor einer Weile hat jemand für Sie angerufen. Der Mann sagte, es wäre dringend.« Er stand da, sah sie unsicher an und trat nervös von einem Fuß auf den anderen.

Phoebe wartete darauf, dass er weitersprach, und als sie begriff, dass er das nicht tun würde, fragte sie: »Haben Sie seinen Namen notiert?«

»Nein.«

Phoebe starrte ihn ungläubig an. Er errötete unter ihrem Blick.

»Ich habe aber seine Telefonnummer notiert«, stieß er hervor. Er trat mit ausgestrecktem Arm und einem flatternden Zettel zwischen den Fingerspitzen an ihren Schreibtisch.

Sie streckte die Hand aus und nahm das Papier. Er wich zurück, als wäre er gebissen worden.

»Danke.«

»Kein Problem«, stotterte er, bevor er aus dem Zimmer eilte.

Da hat jemand wohl zu viel Kaffee getrunken, dachte Phoebe kopfschüttelnd.

Sie las die Nummer, die auf dem Zettel stand. Sie kam ihr

nicht bekannt vor. Sie griff nach ihrem Telefon und wählte. Nach dem vierten Klingeln meldete sich ein Anrufbeantworter.

»Hi, Sie haben 555–3129 gewählt. Hinterlassen Sie eine Nachricht nach dem Piepton«, sagte eine Männerstimme.

Phoebe wartete auf den Piepton, noch immer rätselnd, was der Mann wohl gewollt hatte.

»Hi, hier ist Phoebe von *Fragen Sie Phoebe*. Ich sollte Sie zurückrufen. Bis vier Uhr werde ich noch hier in der Redaktion zu erreichen sein. Danke.«

Sie legte frustriert auf. Warum besprechen die Leute ihre Anrufbeantworter nur mit der Telefonnummer, ohne ihren Namen zu nennen?, fragte sie sich. Na, vielleicht wird mein geheimnisvoller Unbekannter ja zurückrufen.

Sie griff nach einem neuen Brief und fing an zu lesen.

Liebe Phoebe,
ich liebe meine Familie sehr, doch ich habe Probleme mit meinem Sohn. Er ist zehn Jahre alt und ein begabter Musiker. Aber er mag keine Musik und will nicht mehr spielen. Ich mache mir Sorgen, dass er sein Talent vergeudet. Ich will keinen Druck auf ihn ausüben, doch ich möchte ihn, so gut ich kann, fördern. Was soll ich tun?

Mit freundlichen Grüßen
Mutter eines talentierten Sohnes

Das Telefon klingelte. Sie nahm den Hörer ab und ließ den Brief auf ihren Schreibtisch fallen. »Hallo?«

»Phoebe, komm nach Hause.«

»Piper? Bist du okay? Was ist los?«, fragte Phoebe mit klopfendem Herzen.

»Es sind noch mehr Kinder gekommen, und eins von ihnen hat mich gebissen.«

»Es tut mir Leid, Piper, ich fühle mit dir, ehrlich, aber ich muss arbeiten. Ich kann nicht gehen, wenn es sich nicht um einen echten Notfall handelt.«

Langes Schweigen folgte, dann fügte Piper mit leiser, drohender Stimme hinzu: »Paige leiht sich deine roten Schuhe.«

Phoebe setzte sich aufrecht hin. »Die mit den Achtzentimeter-Absätzen?«

»Ja.«

»Ich bin gleich da.«

»Paige! Zieh diese Schuhe aus!«, schrie Phoebe, als sie ins Haus stürmte. Im Wohnzimmer angekommen, blieb sie wie angewurzelt stehen. »Was zum ...«

Piper saß in der Mitte auf dem Boden und hielt sich den Kopf. Um sie herum tanzten Kinder im Kreis und sangen: »Asche, Asche, wir alle fallen um!«

Aufs Stichwort ließen sich alle kreischend zu Boden fallen. Eins von ihnen prallte gegen Piper, aber sie rührte sich nicht.

»Gespenstisch, oder?«, bemerkte Paige hinter ihr.

»Was?«, fragte Phoebe.

»*Wir tanzen um die Rosen.* In dem Lied geht es um den Tod. Sie alle fallen wegen der Pest tot um, und die Sträußchen in ihren Taschen sollen den Gestank übertünchen.«

»Das ist wirklich etwas makaber«, sagte Phoebe. Sie drehte sich zu ihrer Halbschwester um.

Paige sah atemberaubend aus. Sie trug ein langes rotes Kleid mit einem Schlitz an der Seite. Ihre Haare waren hochgesteckt, und ein paar kleine Locken fielen ihr ins Gesicht. Make-up betonte ihre Augen, und ihre ohnehin vollen roten Lippen wirkten noch verführerischer als sonst. Sie leuchtete förmlich von innen und sah aus wie die Schönheit selbst. An den Füßen trug sie Phoebes rote Schuhe.

»Zieh diese Schuhe aus, und niemand wird verletzt«, sagte Phoebe.

Paige schüttelte den Kopf. »Das kann ich nicht. Sie passen so gut zu dem Kleid.«

»Du wirst diese Schuhe nicht tragen.«

»Komm schon, Phoebe. Es ist nur für den einen Abend. Du wirst sie heute nicht tragen, und ich habe keine passenden Schuhe. Ich kann dir irgendwann auch mal das Kleid leihen.«

»Du siehst toll aus«, räumte Phoebe ein. »Und das sind die perfekten Schuhe zu diesem Kleid.«

»Du wirst es nicht bereuen.«

»Ich bereue es jetzt schon. Geh und amüsier dich.«

»Was wirst du heute Abend machen?«, fragte Paige.

Phoebe wandte sich wieder dem Wohnzimmer zu. »Piper helfen, schätze ich.«

Paige schnaubte. »Viel Glück. Ich habe es versucht. Diese Kinder geben einfach keine Ruhe.«

»Na toll. Ganz toll«, sagte Phoebe und starrte Piper an. Sie hörte, wie hinter ihr die Tür zufiel, als Paige sich auf den Weg in die Philharmonie machte. »Aschenputtel geht auf den Ball, und ich kann in der Asche wühlen.«

Paige saß in ihrem neuen Kleid und den geborgten Stilettos auf ihrem Platz in der ersten Reihe. Hoffentlich passierte den Schuhen nichts – es würde Paige einen Wochenlohn kosten, sie zu ersetzen. Warum ist Phoebe eigentlich so empfindlich, wenn es um ihre Schuhe geht?, dachte sie.

Egal. Sie – und Phoebes Schuhe – hatten es sich gemütlich gemacht. Die Saallichter flackerten warnend, und Paiges Aufregung wuchs.

Als Dale auf die Bühne trat, konnte sie ihn deutlich sehen. Einen Moment glaubte sie, dass sich ihre Augen trafen. Sie lächelte, doch sein Blick wanderte weiter, und sie war nicht sicher, ob er sie wirklich angesehen hatte.

Die Musik war noch bezaubernder als beim letzten Mal. Sie hatte schon geglaubt, alles wäre nur Einbildung gewesen. Jetzt war klar, dass ihre Erinnerung sie nicht getäuscht hatte.

Die Musik durchflutete sie und gab ihr das Gefühl, unglaublich lebendig zu sein. Es war, als würden sich ihre Seele und ihr Herz öffnen. Blitze der Inspiration durchzuckten sie wie ein Feuerwerk. Zaubersprüche gingen ihr durch den Kopf; einer jagte den anderen.

Als das Konzert endete, weinte Paige, von Emotionen überwältigt, wie sie sie nie zuvor gespürt hatte. Als alle anderen gegangen waren, trat ein Saalordner zu ihr.

Ohne ein Wort zu sagen, half er ihr auf die Beine und führte sie nach draußen. Er winkte ein Taxi heran und öffnete für sie die Tür.

»Wo wohnen Sie, Miss?«, fragte er.

Sie sagte es ihm, und er nannte dem Taxifahrer das Fahrtziel. Dankbar lehnte sie sich im Sitz zurück, schloss die Augen und versuchte, ihre Selbstbeherrschung zurückzugewinnen.

4

LEO HATTE EINEN SCHLECHTEN TAG. Nein, *schrecklich* traf es besser, überlegte er. Die Ältesten hatten keine Ahnung, warum die Kinder von Piper angezogen wurden. Das machte ihn nicht gerade glücklich. Und Piper machte es wütend, was Leo in der Folge noch unglücklicher machte.

Dann hatte er den Tag damit verbringen müssen, über eine neue Schutzbefohlene zu wachen – eine Internistin in der Notaufnahme. Die Frau namens Sandra entdeckte gerade erst das Ausmaß ihrer Kräfte, und die Versuchung, ihren Patienten damit zu helfen, war nahezu überwältigend.

Leo verstand das. Als er noch lebte, hatte er Medizin studiert, und war nur schwer damit klargekommen, dass Menschen in die Notaufnahme eingeliefert wurden, denen er nicht helfen durfte. Aber er konnte sich nicht einmischen.

Vorhin war ein Patient auf dem Operationstisch gestorben, und Sandra nahm es sehr schwer. Leo konnte ihren Schmerz fühlen, ihre stillen Stoßgebete, und er wünschte, er würde etwas für sie tun können. Aber ich kann noch nicht einmal meiner Frau helfen. Wie kann ich dann hoffen, einer Fremden zu helfen?, fragte er sich bitter.

»Kommen Sie, wir haben einen weiteren Notfall«, rief eine Krankenschwester Sandra zu.

Leo drehte sich um und sah, wie ein Unfallopfer in die Notaufnahme getragen wurde. Er konnte aus drei Metern Entfernung erkennen, dass der Mann nicht überleben würde. Er schloss einen Moment die Augen und kämpfte gegen die Frustration an, weil er seine Kräfte nicht benutzen durfte, um den Mann zu heilen.

Vorübergehend kinderlos verließ Piper das *P3* durch einen Hinterausgang und verschloss die Tür. Sie drehte sich um und ging die Straße hinunter, dankbar für den Glücksfall, dass Darryl Zeit gehabt hatte, sich um all die Kinder in ihrem Haus zu kümmern. Zum ersten Mal seit einer Woche, wie es schien, hatte sie Zeit für sich.

Ein alter Mann kam ihr entgegen. Er blieb vor ihr stehen und fragte: »Piper Halliwell?«

»Ja?«, erwiderte sie und sah den Greis neugierig an.

Er war gut gekleidet, trug ein weißes Hemd, eine Weste und eine dunkle Hose. Seine knotigen Finger lagen um den Knauf eines dicken Kirschholzstocks.

Er lächelte sie an, und in seine Augen trat ein geistesabwesender Ausdruck, als würde er sich an etwas erinnern.

»Kann ich Ihnen helfen?«, fragte sie schließlich.

»Sie haben mir bereits unermesslich geholfen, und ich bin sehr dankbar dafür. Ich sehe, dass ich Recht damit hatte, Sie zu erwählen.«

»Es tut mir Leid, aber ich verstehe nicht, was Sie meinen«, sagte sie. »Geht es Ihnen gut?«

Er lächelte. »Besser als erwartet.«

»Okay, ich muss jetzt gehen«, erklärte sie und wich langsam zurück. Der Mann war ihr unheimlich.

Er klopfte mit seinem Spazierstock auf den Boden, und sie blickte unwillkürlich nach unten. Sein linker Fuß war verdreht, und sein Schuh konnte die Tatsache nicht verbergen, dass der Fuß verkrüppelt war.

»Sie kommen zu Ihnen statt zu mir«, sagte er. »Sie können sie beschützen; Sie sind eine mächtige Hexe und mitfühlend dazu.«

»Wer sind Sie?«, fragte sie.

Er lächelte nur. »Passen Sie auf sie auf«, flüsterte er. Dann, von einem Moment zum anderen, war er verschwunden.

Piper stand völlig verwirrt da. Er hatte sich nicht davongeorbt. Er ist einfach verschwunden, dachte sie. Aber wie und warum? Wer ist er und woher weiß er, wer ich bin? Was will er von mir?

Erschüttert drehte sie sich um, aber der Mann war nirgendwo zu sehen. »Hallo? Wo sind sie hin? Das ist nicht komisch!«, rief sie.

Sie erhielt keine Antwort.

Sie fröstelte und ging panisch weiter, doppelt so schnell wie zuvor.

Nach ein paar Blocks kam sie wieder zu Sinnen. Ihr Ziel war Chinatown, wo sie ein paar Kräuter kaufen musste. Der Kampf gegen den letzten Dämon hatte ihre Vorräte zur Neige gehen lassen.

Als sie Chinatown erreichte, hatte sie sich beruhigt. Sie betrat mit eingezogenem Kopf den Kräuterladen und wählte aus, was sie brauchte. Als sie die Kräuter bezahlte, hörte sie von der Ladentür her ein Trippeln.

Sie fuhr herum, von plötzlicher Angst erfüllt, und sah ein Mädchen dort stehen. Die Kleine hatte ihren jüngeren Bruder an der Hand und kicherte. Nein, bitte nicht, dachte Piper verzweifelt.

Sie riss dem verdutzten Kassierer das Wechselgeld aus der Hand und stürzte zur Tür. Die Kinder machten ihr eilig Platz. Ich muss hier raus, dachte sie nur.

Sie rannte die Straße hinauf, den Weg zurück, den sie gekommen war. Als sie einen Blick über die Schulter warf, sah sie, dass die beiden Kinder laut juchzend hinter ihr herrannten.

Sie wandte sich ab und lief weiter, wobei sie sich immer wieder umschaute, um sicherzugehen, dass die Kinder hinter ihr zurückfielen. Doch plötzlich, als sie schon glaubte, sie abgehängt zu haben, rutschte sie auf einem unebenen Stück Pflaster aus und fiel der Länge nach hin.

Sie blieb einen Moment lang bewegungslos liegen und hoffte, dass nichts gebrochen war. Dann hob sie langsam den Kopf und sah einen kleinen Jungen, der einen Meter von ihr entfernt stand und sie mit großen Augen ansah. Er brach in Tränen aus, machte kehrt, rannte die Straße hinunter und rief nach seiner Mutter. Piper blinzelte erstaunt. Er ist von allein gegangen?, wunderte sie sich. Warum ist er nicht bei mir geblieben?

Das Trappeln winziger Füße unterbrach ihre Gedanken, und kleine Hände griffen nach ihren Beinen. Sie sprang auf, fuhr herum und sah die beiden Kinder, die sie verfolgt hatten. Ein weiteres Mädchen rannte zu ihr und klatschte aufgeregt in die Hände.

»Lasst mich in Ruhe!«, fauchte Piper. Sie wünschte, sie könnte sie einfrieren und entkommen. Aber es waren zu viele Leute auf der Straße. Sie konnte nicht riskieren, dass jemand mitbekam, was sie tat. Eilig ging sie weiter. Aber je schneller sie sich bewegte, desto schneller rannten die Kinder und desto schneller liefen ihre Eltern hinter ihnen her.

Es war wie bei einem chinesischen Neujahrsfest. Die kleine Parade der Kinder, mit Piper an der Spitze und den verwirrten Eltern am Ende, schlängelte sich durch die Straßen. Autos bremsten, Passanten starrten, Fotoapparate blitzten. Piper hätte am liebsten geweint.

Schließlich hatte sie Chinatown hinter sich gelassen. Als sie nach Hause kam, zitterte sie nicht mehr. Aber irgendetwas nagte an ihr: die Erinnerung an den Jungen, der vor ihr davongelaufen war.

Vielleicht sind nicht alle Kinder davon betroffen, dachte sie. Wenn ich es doch nur irgendwie testen könnte. Ihr kam eine Idee, und sie füllte einen Teller mit selbst gebackenen Keksen. Sie holte tief Luft und ging zu Bonnies Haus.

»Piper, hi. Wollen Sie sich noch mal den Kindersitz borgen?«, fragte Bonnie, als sie die Tür öffnete.

Piper rang sich ein Lächeln ab. »Nein, ich wollte Ihnen nur noch einmal für gestern danken. Ich habe Ihnen ein paar Kekse mitgebracht.«

»Oh, das ist lieb. Wollen Sie nicht reinkommen?«

»Liebend gern«, sagte Piper.

Sie folgte Bonnie ins Haus und fand sich in der Küche wieder. Sie setzten sich an den Küchentisch, und Piper stellte den Teller ab. »Mag Ihr kleines Mädchen Kekse?«, fragte sie.

»Ich lasse sie keine Süßigkeiten essen«, erklärte Bonnie.

»Oh«, machte Piper. »Dann bleibt mehr für Sie übrig.«

»Ja, die sehen lecker aus.«

Einen Moment herrschte verlegenes Schweigen. Schließlich stand Piper auf. »Ich geh dann mal wieder rüber. Ist die Kleine denn hier? Ich würde ihr gern dafür danken, dass sie mir ihren Kindersitz geliehen hat«, sagte Piper augenzwinkernd.

»Oh, tut mir Leid. Meine Eltern haben sie heute mit in den Zoo genommen.«

»Dann werde ich ihr ein anderes Mal danke sagen«, meinte Piper. Es klang selbst in ihren eigenen Ohren ziemlich dämlich.

Bonnie ergriff ihre Hand. »Sie sollten ein Kind bekommen.«

»Wa-was soll das heißen?«, stotterte Piper. Sie hatte Mühe, ihr Lächeln beizubehalten.

»Es ist so offensichtlich, dass Sie sich ein Baby wünschen. Sie passen auf die Kinder Ihrer Kusine auf, wollen meine Tochter sehen. Gestehen Sie sich ruhig ein, dass die biologische Uhr tickt. Bekommen Sie ein Baby. Sie werden es nicht bereuen.«

Piper wich zurück. »Äh, danke für den Rat. Ich werde darüber nachdenken. Wir sehen uns später.«

»Sie können jederzeit vorbeikommen«, versicherte Bonnie mit einem breiten Lächeln.

Piper rannte zurück zu ihrem Haus und wurde den ganzen Weg von Bonnies Worten verfolgt. Sobald sie drinnen war, schlug sie die Tür zu und schloss ab.

»Keine Kinder, keine Kinder«, sagte sie keuchend.

»Nein, nur ich«, erklärte Mark und steckte seinen Kopf aus dem Wohnzimmer.

Piper schrie auf und fuhr zusammen. »Was machst du hier?«

Er zuckte die Schultern. »Ich weiß nicht. Es kommt mir richtig vor.« Er wandte sich ab und kehrte ins Wohnzimmer zurück.

Piper folgte ihm. »Nein, im Ernst, was machst du hier?«

»Wie ich schon sagte, ich weiß es nicht. Ich hatte nur das Gefühl, hierher kommen zu müssen.«

»Tja, du kannst aber nicht bleiben.«

»Warum nicht? Meine Mom und mein Dad kommen erst in ein paar Stunden nach Hause.«

»Weil es nicht richtig ist. Deine Eltern wissen nicht, wo du bist, sie kennen mich nicht, und außerdem habe ich dich nicht eingeladen.«

»Doch, das haben Sie«, widersprach er.

»Was?«, fragte sie und hatte Mühe, den Ärger in ihrer Stimme zu unterdrücken.

Zum ersten Mal verriet das Gesicht des Jungen Unsicherheit. »Ich dachte, Sie hätten mich eingeladen. Irgendjemand hat mich auf jeden Fall hierher eingeladen«, sagte er.

»Ich bin nicht sicher, ob ich das verstehe«, seufzte sie und setzte sich an seine Seite.

»Verstehen ist nicht immer nötig«, erwiderte er und klang sehr altklug und erwachsen.

»Sagen deine Eltern das manchmal?«, spekulierte Piper.

Marks Augen nahmen einen geistesabwesenden Ausdruck an. »Nein, aber ich weiß es. Es gibt Dinge … Man kann sie nicht immer erklären, aber man weiß es einfach, wenn etwas richtig ist.«

Wovon in aller Welt redet er?, fragte sie sich. Sie sah ihn einen langen Moment an, und er erwiderte unschuldig ihren Blick. Warum passiert mir das? Und warum jetzt, nachdem Leo und ich über Kinder geredet haben? Vielleicht stimmt es: Wenn man vom Teufel spricht …

Es klingelte an der Tür, und Piper stöhnte. Und da sind sie schon, dachte sie bitter. »Noch mehr von deinen kleinen Freunden?«

»Ich habe keine Freunde.«

Piper wurde von Traurigkeit übermannt. »Es ist nicht gut, allein zu sein«, sagte sie leise.

»Nur weil man keine Freunde hat, muss man nicht allein sein«, antwortete Mark. Es klingelte erneut. »Sie sollten öffnen«, sagte er.

Was für ein seltsames Kind, dachte Piper, als sie zur Tür

ging. Ich möchte zu gern wissen, was mit ihm los ist, wie seine Welt aussieht, dass er derartige Dinge sagen kann.

Zwei Mädchen standen vor ihrer Schwelle.

»Mann, was für eine Überraschung«, sagte sie mit vor Ironie triefender Stimme. Sie machte die Tür weit auf, und die Mädchen stolperten beim Eintreten übereinander. Sie rannten ins Wohnzimmer und hüpften auf der Couch herum.

Piper lief hinterher und wollte die beiden schon zurechtweisen, als sie Mark ansah, der wiederum die Mädchen anstarrte. Er guckte drein, als wäre er in einer anderen Welt.

5

PHOEBE WAR BESORGT. Ihre Schwestern machten beide etwas Seltsames durch, und sie wusste nicht, wie sie ihnen helfen konnte. Sie seufzte, nahm einen Brief von ihrem Schreibtisch und ließ ihn wieder fallen.

Pipers Probleme mit den Kindern wurden immer weniger amüsant, sondern im Gegenteil zunehmend beängstigender.

Phoebe verstand nicht, warum Piper die Kinder anzog. Noch seltsamer ist, dass nicht alle Kinder betroffen zu sein scheinen, dachte sie. Piper hatte ihr von dem Jungen in Chinatown erzählt, der vor ihr davongelaufen war. Ich frage mich, ob die Kinder, die Piper folgen, etwas gemeinsam haben oder ob es an ihr liegt. Das war ein interessanter Gedanke.

Phoebe lehnte sich auf ihrem Stuhl zurück. Paiges Verhalten war eine weitere Sache, die eine Erklärung verlangte. Als sie aus der Philharmonie gekommen war, war sie so aufgeregt gewesen, wie Phoebe sie noch nie zuvor erlebt hatte. In den letzten beiden Tagen jedoch war sie immer deprimierter und mürrischer geworden. Das passte gar nicht zu ihr. Wenn Paige sich langweilte, wurde sie meistens reizbar und hyperaktiv, nicht trübsinnig. Doch jetzt schlurfte sie wie ein Geist herum, lächelte nicht, sprach kaum. Es war seltsam.

Das Telefon klingelte und riss sie aus ihren Gedanken. Phoebe nahm den Hörer ab.

»Hallo?«

»Phoebe?«, fragte eine Männerstimme.

»Ja, am Apparat«, sagte Phoebe und bemühte sich um einen professionellen Tonfall.

»Gott sei Dank. Ich muss mit Ihnen reden.«

»Sind Sie derjenige, dem ich eine Nachricht auf dem Anrufbeantworter hinterlassen habe?«

»Ja. Ich brauche Ihre Hilfe.«

»Ich höre.«

»Ich kann jetzt nicht sprechen. Ich muss Sie sehen.«

»Sie können in die Redaktion kommen. Ich werde hier sein.«

»Sieben Uhr?«

»Das geht in Ordnung.« Phoebes Neugier war geweckt. »Kenne ich Sie?«

Der Mann am anderen Ende der Leitung zögerte. »Nein, aber Sie haben schon mal meinem Schwager geholfen.«

Er beendete die Verbindung, und Phoebe saß einen Moment bewegungslos da, bevor sie den Hörer auflegte.

»Okay, wir sind also wieder da, wo wir angefangen haben«, sagte Piper, ohne jemanden direkt anzusprechen, während sie ihre kleinen Schutzbefohlenen betrachtete.

Acht Kinder waren im Zimmer verteilt, und jedes spielte ein Instrument. Zwei von ihnen hatten richtige Geigen dabei und behaupteten, sie müssten für ein Konzert proben. Einige hatten Spielzeuginstrumente mitgebracht. Ein Junge hatte ihre Töpfe und Pfannen in ein improvisiertes Schlagzeug verwandelt und trommelte aus Leibeskräften darauf herum.

Der Einzige, der nicht spielte, war Mark. Er saß in der Küche und ignorierte die anderen. Sie ließ sich ihm gegenüber auf einen Stuhl sinken.

»Spielst du kein Instrument?«, fragte sie schließlich. »Alle anderen scheinen es zu tun.«

»Ich kann jedes Instrument spielen«, erwiderte er ruhig. »Ich tu's nur nicht.«

»Warum nicht?«, fragte sie neugierig.

»Ich möchte lieber andere Sachen machen.«

»Was für Sachen?«

»Ich weiß nicht … Sachen«, antwortete Mark mit gesenktem Blick.

»Ich verstehe.«

»Was ist hier unten los?«, fragte Paige, als sie im Pyjama in die Küche kam.

»Paige, ich dachte, du arbeitest«, sagte Piper überrascht.

»Nein, ich bin nicht hingegangen. Ich war in meinem Zimmer. Ich fühle mich nicht besonders wohl.«

»Was ist mit dir? Bist du krank?«, wollte Piper verwirrt wissen.

»Nein. Kannst du den Blagen sagen, sie sollen leiser sein?«

»Ich dachte, du magst Musik.«

Paige zuckte zusammen. »Nicht ihre Art.« Sie schlurfte hinaus, und Piper starrte ihr nach.

»Ihre Schwester ist deprimiert«, stellte Mark fest.

»So sieht es aus«, nickte Piper. »Weißt du warum?«

»Nein«, sagte er kopfschüttelnd.

»Ich auch nicht«, murmelte Piper düster. Sie stand auf. »Ich muss mich um das Chaos kümmern.«

»Viel Glück dabei«, sagte er mit einem angedeuteten Grinsen.

Ohne nachzudenken streckte sie die Hand aus und zerzauste sein Haar. »Kleiner Satansbraten«, murmelte sie.

Er lächelte sie an, und sie wandte sich ab, ehe er sie dabei ertappen konnte, wie sie zurücklächelte.

Im Wohnzimmer entdeckte sie überrascht, dass Leo auf der Couch saß, umringt von den Kindern. Sie hockten fasziniert da und sahen ihn mit bewundernden Blicken an, während er eine Geschichte erzählte. Auf Leos Gesicht lag ein so glücklicher Ausdruck, dass es Pipers Herz rührte. Nach einem Moment blickte er auf, sah sie und straffte sich.

»Tiere und Kinder?«, fragte sie mit hochgezogener Braue.

»Tiere und Kinder«, bestätigte Leo mit einem engelhaften Lächeln.

»Hättest du gern so eine Horde davon?«

»Nein, nur eins oder zwei.«

»Das sagst du jetzt. Ich kann nicht fassen, dass du sie dazu gebracht hast, still zu sitzen.«

»Eigentlich, Piper, ist es nicht besonders schwer. Ich verstehe nicht, warum du solche Schwierigkeiten mit ihnen hast.«

»Uh-hu«, machte sie und kniff den Mund zusammen.

»Komm schon, es sind Kinder. Unschuldig und leicht zu beeindrucken.«

»Ich bin nicht sicher, ob sie wirklich so unschuldig sind«, entgegnete Piper, als ihr eins der Mädchen die Zunge herausstreckte. »Kannst du diesmal bleiben und mir helfen?«

»Das würde ich liebend gern tun, Piper, aber ich kann wirklich nicht.«

»Was für eine Überraschung. Er läuft beim ersten Anzeichen von Arbeit davon.«

»Piper, das ist nicht fair. Du weißt, dass ich gewisse Dinge zu erledigen habe.«

»Nein, das weiß ich eigentlich nicht, Leo. Nach allem, was ich weiß, verschwindest du nur, um Poolbillard mit den Ältesten zu spielen.«

»Die Ältesten spielen kein Billard, Piper. Und ich auch nicht.«

»Du weißt, was ich meine, Leo.«

»Du wirst mir einfach vertrauen müssen, wie du es immer tust. Es tut mir Leid, dass ich nicht hier sein kann, wenn du mich brauchst.« Er stand auf und trat näher. »Komm schon, Piper, lass uns das nicht vor den Kindern austragen«, bat er mit gesenkter Stimme.

»Warum nicht? Dein Fanklub soll ruhig wissen, wer du wirklich bist.«

»Piper«, sagte Leo warnend.

»Nein, geh, wenn du gehen musst. Wir wissen ja alle, dass das Leben, wie wir es kennen, enden würde, wenn du hier bleiben müsstest.«

Piper kannte ihren Mann gut genug, um zu merken, dass er innerlich kochte. Er sagte jedoch nichts, sondern verschränkte nur die Arme vor der Brust. Vielleicht bin ich etwas zu hart zu ihm, dachte sie. Er verbringt mehr Zeit mit mir, als er sollte, wenn man all seine anderen Pflichten bedenkt. Trotzdem – ich habe es satt, dass er verschwindet, wenn ich in einer Krise bin. Solange es keine offensichtliche dämonische Gefahr gibt, geht er einfach davon aus, dass ich mit allem und jedem allein fertig werde.

»Ich muss wirklich gehen«, sagte er schließlich.

»Wer hält dich auf?«, fragte sie ironisch.

Er wandte sich ab und stürmte durch die Tür.

»Was ist passiert?«, fragte ein kleines Mädchen.

»Tante Piper und Onkel Leo lassen sich scheiden«, erklärte ein Junge ernst.

Mehrere der Kinder brachen sofort in Tränen aus.

»Hey, wer sagt etwas von einer Scheidung? Wir lassen uns nicht scheiden«, versicherte Piper.

Ein Mädchen ergriff ihre Hand. »Aber ich liebe Onkel Leo, und wir werden ihn nie wiedersehen.«

»Doch, du wirst Onkel Leo wiedersehen. Warte, was sage ich da? Er ist nicht euer Onkel und ich bin nicht eure Tante. Jetzt muss ich euch nach Hause zu euren Eltern bringen.«

»Ich will nicht nach Hause gehen!«, jammerte jemand, was die anderen nur noch heftiger weinen ließ.

»Mir wird das nicht gefallen, oder?«, fragte Darryl, als er Pipers Stimme am anderen Ende der Leitung hörte.

»Das hängt davon ab. Wie viele weitere vermisste Kinder hast du?«

»Das ist nicht meine Woche«, stöhnte Darryl. »Ich weiß es nicht, wie viele sind bei dir?«

»Neun, aber ich weiß, wo vier von ihnen wohnen.«

»Oh, toll. Nun, wenn du herausgefunden hast, wo die fünf anderen wohnen, gib mir Bescheid.«

»Darryl! Das ist nicht witzig!«

»Wem sagst du das? Wenn ich mit einer weiteren Horde Kinder auftauche, wird man eine Untersuchung gegen mich einleiten. Und wir beide wissen, wie schlecht das wäre.«

»Schön, Darryl. Aber ich hoffe trotzdem, dass du einen Weg findest, um mir zu helfen.«

Er schüttelte den Kopf und verdrehte die Augen. »Ich werde sehen, was ich tun kann.« Er legte den Hörer auf und dachte lange und sehnsüchtig über seine Pensionierung nach. Vielleicht ist es gar nicht so schlimm, sagte er sich. Zum Teufel, ich könnte einen anderen Job annehmen oder wir könnten woanders hinziehen. Vielleicht wäre es das Beste.

Das Telefon klingelte wieder. Er betete, dass es nicht Piper war, und nahm ab.

»Darryl!«

»Oh, hi, Schatz«, begrüßte er seine Frau und fragte sich, ob jetzt der richtige Zeitpunkt war, mit ihr über seine Pensionierung zu sprechen.

»Wir haben einen Notfall.«

»Was ist los?«, fragte er, von plötzlicher Panik erfüllt.

»Eric ist verschwunden. Er war im Supermarkt mit einem Mal weg, und wir können ihn nicht finden.«

»Hast du den Laden und den Parkplatz abgesucht?«

»Ja, alles.«

Ein Lächeln huschte über sein Gesicht. »Entspann dich, Schatz, ich weiß, wo er ist.«

»Woher?«, jammerte sie.

»Frag nicht. Beruhige dich einfach. Ich werde ihn holen und bringe ihn bald nach Hause.«

Er legte auf und wählte Pipers Nummer. Sie nahm beim dritten Klingeln ab.

»Piper, wie läuft es?«, fragte er und konnte ein Lächeln nicht unterdrücken.

»Du weißt, wie es läuft, Darryl. Sag mir bitte, dass du gute Neuigkeiten für mich hast. Au! Wirst du wohl damit aufhören?«

Darryl biss sich auf die Zunge, um nicht loslachen zu müssen. »Nun, ich habe vielleicht gute Neuigkeiten. Das hängt davon ab.«

»Von was?«

»Ob du einen kleinen Jungen namens Eric bei dir hast oder nicht.«

»Hier ist ein kleines Monster namens Eric, das mir gerade eine Gitarre gegen das Schienbein geschlagen hat«, sagte Piper. Sie klang, als wäre sie mit den Nerven am Ende. »Warum?«

Darryl konnte nicht länger an sich halten. Er lachte laut auf. »Das ist er. Er ist das Kind von meiner Schwester.«

»Du bist sein Onkel?«

»Ja, ich bin gleich da, um ihn abzuholen.« Er legte auf und wischte sich die Lachtränen aus den Augen. Ich könnte ihn auch eine Weile dort lassen, dachte er.

Doch dann stand er auf und wandte sich zur Tür.

»Darryl! Wie nett von dir, dass du gekommen bist«, fauchte Piper, als sie die Tür öffnete.

»Ich tue doch alles für dich, Tante Piper«, sagte er mit honigsüßer Stimme und gab ihr einen Kuss auf die Wange.

»Toll, vielen Dank. Das ist genau das, was ich brauche.« Sie schlug nach ihm, aber er wich zurück, und ihre Faust traf ins Leere.

»Wo ist mein kleiner Engel von einem Neffen?«, fragte Darryl.

»Hier drinnen«, sagte Piper und ging voraus.

»Eric, da bist du ja!«

»Onkel Darryl!«, schrie Eric. Er rannte zu ihm, und Darryl beugte sich hinunter, um ihn zu umarmen. Eric schlug ihm stattdessen gegen die Brust.

Darryl blickte mit Tränen in den Augen auf. »Liebenswert, nicht wahr?«

»Oh, ja, das war genau das Wort, das ich im Sinn hatte«, sagte Piper süffisant.

Eric rannte davon und jagte drei andere Kinder im Kreis herum. Darryl richtete sich langsam auf und schnappte nach Luft. Er und Piper verfolgten, wie Eric von der Rücklehne der Couch sprang, durchs Zimmer hüpfte und gegen Kinder und Möbel stieß.

»Es wird eine lange Nacht werden«, seufzte Darryl.

An Tagen wie diesem fühlte sich Leo völlig nutzlos. Er stand in einem fast leeren Krankenhausflur und kochte noch immer, weil Piper ihm vorgeworfen hatte, dass er davonlief, wenn es Arbeit gab. Ich arbeite hart, dachte er. Ich tue viel Gutes. Es ist nun mal so, dass mein Job sehr zeitaufwändig ist. Ich wünschte, Piper würde das verstehen.

Es war ein langer Tag gewesen, den er größtenteils im Krankenhaus verbracht hatte, um über Sandra zu wachen. Er machte sich allmählich Sorgen. Er konnte sehen, wie sie mit jedem Tag unglücklicher wurde, was auch der Grund dafür war, warum er so sorgfältig über sie wachte. Leo wusste, dass Sandra ihre berufliche Wahl in Frage stellen würde, nachdem sie einen Patienten verloren hatte, und er wollte bei ihr sein, sie, soweit es möglich war, unterstützen, auch wenn seine Schützlinge nicht erfahren durften, wer er war.

In diesem Moment tauchte Sandra hinter ihm auf und tippte ihm auf die Schulter. »Kann ich Ihnen helfen, Sir?«, fragte sie.

Er zuckte zusammen und fuhr zu ihr herum. »Äh«, machte er. Normalerweise versuchte er, sich im Hintergrund zu halten, aber manchmal wurde er doch ertappt.

»Sie sehen aus, als könnten Sie einen Freund gebrauchen. Ich bin Leo«, sagte er, sich vollauf bewusst, dass er wie ein Verrückter klang. Glücklicherweise lächelte Sandra und streckte ihre Hand aus.

»Ich bin Sandra, und Sie haben Recht«, erklärte sie. »Ich brauche einen Spaziergang und jemanden, mit dem ich reden kann. Aber ich möchte eigentlich keinen Fremden damit belästigen.«

»Wen könnte man besser belästigen? Ein Fremder kann Ihnen später Ihre Worte nicht vorhalten«, erwiderte er.

»Gutes Argument«, nickte sie. »Wenn Sie nichts dagegen haben ...«

Leo schüttelte den Kopf.

»Super. Ich will nicht nach Hause gehen und meine Familie behelligen.«

»Lassen Sie uns eine Tasse Kaffee trinken«, schlug Leo vor. »In der Cafeteria«, fügte er hinzu, als Sandra bei dem Gedanken, das Krankenhaus mit einem fremden Mann zu verlassen, ein wenig nervös dreinblickte. »Und besser ohne

Koffein. Wie es scheint, besteht bei Ihnen die Gefahr der spontanen Selbstentzündung.« Sandra lachte.

Fünf Minuten später saßen sie in der Cafeteria des Krankenhauses vor ihren dampfenden Kaffeetassen.

»Also, was ist los?«, fragte Leo schließlich.

»Ich weiß nicht. Ich glaube, ich bin einfach ausgebrannt.«

»Vielleicht sollten Sie sich ein paar Tage freinehmen und wegfahren.«

»Das wäre, als würde man eine Schusswunde mit Pflaster behandeln. Nein, das Problem liegt tiefer. Ich arbeite bis spät in die Nacht, sehe meine Familie kaum. Ich bin nicht sicher, ob ich das auf die Dauer durchhalte.«

»Sie werden das durchstehen, Sandra. Sie dürfen nur nicht aufgeben. Früher oder später werden sich die Dinge beruhigen und Sinn ergeben.«

Sie lachte. »Sie klingen fast so, als würden Sie es verstehen. Im Moment stürmt so viel auf mich ein. Es passiert eine Menge in meinem Leben. Manches ist neu, und ich kann mich nur schwer daran gewöhnen.«

Leo hörte zu, aber seine Augen waren auf ein Baby gerichtet, das am Nebentisch auf dem Schoß seiner Mutter saß. Er wünschte, er und Piper könnten sich in der Kinderfrage einigen. Aber vor allem wünschte er sich, ihr bei ihrem derzeitigen Problem helfen zu können. »Haben Sie schon mal daran gedacht, ihnen zu erzählen, dass Sie eine Hexe sind?«, fragte er.

Entsetzt dämmerte ihm, was er getan hatte, noch bevor er ihr Keuchen hörte. Am liebsten hätte er seinen Kopf auf den Tisch geschlagen, entschied sich aber dagegen. Er blickte zu ihr auf und murmelte: »Es tut mir Leid, Sandra, ich hätte das nicht sagen sollen.«

Sie war weiß wie ein Laken und zitterte. »Woher wissen Sie das?«, fragte sie.

»Ich weiß es einfach. Ich habe mir Sorgen um Sie gemacht.«

»Ich mir auch.« Sie weinte jetzt. »Mein Mann weiß es. Ich habe ihm alles erzählt, als ich begriffen hab, was mit mir geschieht.«

»Vielleicht brauchen Sie nur etwas Abstand von der Arbeit, um alles zu klären und die Dinge für sich zu ordnen.«

»Sie haben wahrscheinlich Recht.« Sie stand hastig auf. »Ich werde sofort nach Hause gehen und mit ihm darüber reden.« Ihr Gesicht wurde weicher. »Vielen Dank. Ich weiß nicht, wie sie es geschafft haben, im richtigen Moment aufzutauchen, und woher Sie wissen, was Sie wissen, aber ich danke Ihnen. Sie sind ein Engel.« Sie wandte sich ab und ging.

Leo lehnte sich mit einem Seufzer zurück. »Mehr als Sie ahnen«, sagte er leise.

6

Es war halb zehn, als Phoebe es aufgab, auf ihren geheimnisvollen Anrufer zu warten. Es kann nicht allzu wichtig sein, wenn er sich noch nicht mal die Mühe macht, abzusagen, sagte sie sich, als sie ihr Büro verließ.

Was ist, wenn ihn etwas daran gehindert hat zu kommen? Der Gedanke nagte an ihr, als sie den Hausmeister passierte, außer ihr die einzige Person, die sich noch in dem Gebäude aufhielt.

Sie öffnete die Vordertür und trat nach draußen. Irgendetwas stimmte nicht; sie konnte es fühlen. Die Haare in ihrem Nacken richteten sich auf.

Als sie ihren Wagen erreichte, hörte sie Schritte hinter sich in der Dunkelheit. Sie wirbelte herum und sagte: »In Ordnung. Wer auch immer Sie sind, Sie haben keine Ahnung, mit wem Sie sich anlegen.«

»Phoebe Halliwell?«, fragte ein Mann in einem schwarzen Trenchcoat.

Okay, du weißt also, mit wem du dich anlegst, dachte sie. »Was wollen Sie?«, fauchte sie.

»Hilfe«, keuchte er und trat einen Schritt näher.

»Hu?«, machte sie.

Er kippte nach vorn, und sie fing ihn im letzten Moment auf. Sie sah in seine Augen und begriff, dass irgendetwas Schreckliches passiert sein musste. »Er tötet. Sie müssen ihn aufhalten«, flehte der Mann.

»Wer? Wer tötet?«, stieß Phoebe hervor.

»Lassen Sie … nicht zu … dass er …«

Die mühsam hervorgestoßenen Worte des Mannes brachen ab, und er regte sich nicht mehr.

»Leo!«, schrie sie.

»Phoebe?«, fragte Leo, als er materialisierte. Er war in eine Bettdecke gehüllt. Ups!, dachte Phoebe. Aber jetzt ist keine Zeit, um verlegen zu werden.

»Hilf ihm!«, rief sie.

Leo bückte sich und legte seine Hände auf den Körper des Mannes. Nichts passierte, und nach einigen Momenten richtete Leo sich wieder auf. Traurig sah er Phoebe an.

»Was ist los?«, fragte Phoebe.

»Ich kann ihn nicht heilen. Er ist tot, Phoebe. Weißt du, wann auf ihn eingestochen wurde?«

Phoebe blickte nach unten und bemerkte jetzt erst, dass das Hemd des Mannes blutgetränkt war. Tränen brannten in ihren Augen, als sie ihn sachte zu Boden gleiten ließ und aufstand.

»Er, äh, hat mich um Hilfe gebeten. Er sagte, irgendjemand würde Menschen töten.«

»Wer?«, fragte Leo.

»Das hat er nicht gesagt.« Phoebe biss sich auf die Lippe und wandte den Kopf ab. Sie hasste es, einen Unschuldigen zu verlieren. Es drehte ihr den Magen um, und sie fühlte sich körperlich krank.

»Nun, das sieht nach einem Job für die Polizei aus, nicht für Hexen«, sagte Leo sanft.

Phoebe nickte langsam und nahm ihr Handy aus der Tasche. »Ich werde Darryl anrufen.«

»Soll ich bei dir bleiben?«, fragte Leo und zog die Decke ein wenig enger um sich.

Sie schüttelte den Kopf und konnte die Tränen kaum noch zurückhalten. »Nein, geh zurück zu Piper; sie braucht dich im Moment wahrscheinlich dringender als ich.«

Leo starrte sie durchdringend an, aber Phoebes Gesicht blieb ausdruckslos. »Okay«, sagte er resignierend. »Ruf mich, wenn irgendetwas sein sollte.«

Er orbte davon, bevor sie ihm danken konnte.

Phoebe drückte die Kurzwahltaste für Darryls Handynummer und starrte den toten Mann an. Er kannte meinen Namen, dachte sie. Warum sollte er mich um Hilfe bitten, wenn es nicht um etwas Magisches ging? Ich bin nicht die Polizei, nicht einmal eine Reporterin. Es gab keinen logischen Grund für ihn, zu mir zu kommen, wenn er nicht wusste, wer ich bin oder was ich tun kann. Wenn das der Fall ist, dann muss hier etwas Dämonisches am Werke sein.

»Hallo«, meldete sich Darryl.

»Hier ist Phoebe. Kannst du in mein Büro kommen?«

»Wenn es in irgendeiner Weise mit Kindern zu tun hat, lautet die Antwort Nein«, sagte er nachdrücklich.

»Nein, keine Kinder.« Sie holte tief Luft. »Ein Mann ist ermordet worden.« Sie legte auf, bevor er antworten konnte. »Wer bist du?«, fragte sie die Leiche.

Es schien nur ein paar Minuten zu dauern, bis Darryl zusammen mit einem halben Dutzend anderer Polizisten eintraf.

»Es tut mir Leid, dass ich dich zu Hause stören musste«, sagte Phoebe.

»Mach dir deswegen keine Sorgen. Mein Neffe wollte nicht ins Bett gehen, und es wurde sowieso gerade unangenehm.«

»Hä?«

Er winkte ab. »Vergiss es. Was ist hier passiert?«

»Dieser Mann hat schon seit ein paar Tagen versucht, mich zu erreichen; ich weiß nicht, warum. Er wollte früher am Abend vorbeikommen, ist aber nicht aufgetaucht. Als ich mich schließlich entschieden hatte, nach Hause zu fahren, war er hier. Er ist gestorben, bevor er irgendetwas sagen konnte.«

»Weißt du, wer er war?«

Sie schüttelte den Kopf. »Ich kenne nicht einmal seinen Namen. Ist das nicht erbärmlich? Ein Mann starb, als er versuchte, mich zu treffen, und ich weiß nicht einmal, wer er war.«

»Es ist nicht erbärmlich. Er könnte schließlich auch ein durchgeknallter Stalker gewesen sein.«

»Nein, das glaube ich nicht«, erwiderte Phoebe und wischte sich die Tränen aus den Augen. »Er klang, als würde er in Schwierigkeiten stecken und Hilfe brauchen. Ich habe ihn im Stich gelassen.«

Darryl zog sie ein paar Schritte zur Seite und senkte seine Stimme. »Hör zu, du hast ihn nicht im Stich gelassen, in Ordnung? Ich möchte, dass du dich jetzt zusammenreißt, verstanden?«

Sie nickte.

»Okay. Ich habe deine Aussage, du kannst gehen. Fahr nach Hause. Ich werde dich anrufen, wenn ich etwas herausgefunden habe.«

»Okay.«

»Soll ich dafür sorgen, dass dich jemand nach Hause bringt?«

»Nein, ich schaff das schon. Danke, Darryl.«

»Kein Problem«, sagte er. »Geh jetzt.«

Phoebe zitterte, als sie das Manor erreichte. Es war nicht das erste Mal, dass sie einen Toten sah, aber jedes Mal war es schrecklich. Schlimmer war jedoch, dass sie einen Unschuldigen verloren hatte, der gekommen war, um sie um ihre Hilfe zu bitten. Und er wurde nicht einmal mit übernatürlichen Mitteln getötet, durchfuhr es sie. Wie ist er nur auf den Gedanken gekommen, dass ich ihm helfen kann?

Sie konnte Paige in der Küche rumoren hören, was dazu führte, dass Phoebe sich noch schlechter fühlte. Auch Piper war noch wach, saß erschöpft und völlig in sich gekehrt auf der Couch.

Phoebe sank neben sie und lehnte ihren Kopf an Pipers Schulter. So saßen sie mehrere Minuten da und starrten ins Leere.

»Du kommst spät nach Hause«, sagte Piper, und brach damit das Schweigen.

»Ein Mann wollte mich treffen, weil er Hilfe brauchte. Er hat sich um dreieinhalb Stunden verspätet und als er ankam, hatte er eine klaffende Wunde in der Brust. Er starb, bevor er mir sagen konnte, warum er mich sehen wollte.«

Normalerweise hätte Piper sofort reagiert, ihre Arme um Phoebe gelegt und ihr Entsetzen und ihre Besorgnis ausgedrückt. Aber an diesem Abend war es anders. Sie saßen eine weitere Minute schweigend da, bevor Piper schließlich sagte: »Das ist Mist.«

»Ja. Tut mir Leid, dass ich Leo mitten in der Nacht ...«

»Ist schon okay. Wir haben sowieso nur über die Vorteile von Verhütung diskutiert.«

»Dann tut es mir nicht Leid«, gestand Phoebe.

Piper küsste ihre Schwester auf den Kopf. »Mir auch nicht.«

»Sein Name war Peter Jacovich, und er war Cellist im Sinfonieorchester von San Francisco«, berichtete Darryl Phoebe am nächsten Morgen.

Phoebe umklammerte den Telefonhörer fester. »Beim Sinfonieorchester? Bist du sicher?«

»Ja, warum?«

»Paige war in der letzten Woche zwei Mal in der Philharmonie.«

»Ich habe aufgehört, an Zufälle zu glauben, als ich herausgefunden habe, was ihr Mädchen seid«, sagte Darryl.

»Ich auch«, gab Phoebe zu. »Hast du sonst noch etwas erfahren?«

»Nur dass er mit einem langen Holzgegenstand erstochen wurde.«

»Das ist seltsam.«

»Ja, der Gerichtsmediziner arbeitet noch daran.«

»Darryl, könntest du etwas für mich überprüfen?«

»Was?«, fragte er mit Misstrauen in der Stimme.

»Dieser Mann hat etwas gesagt. Er sagte, dass ich seinem Schwager geholfen habe.«

»Wer ist sein Schwager?«

»Das ist es ja. Ich weiß es nicht.«

»Ah, du willst also, dass ich es herausfinde.«

»Ja, bitte«, sagte sie.

Fünfzehn Minuten später rief Darryl zurück. »Er hatte nur eine Schwester, und die hat nur einmal geheiratet. Der Name ihres Mannes ist Hadley, Bradley Hadley.«

»Soll das ein Witz sein?«, fragte Phoebe.

»Kein Witz. Ich hoffe, es hilft dir.« Er gab Phoebe die Adresse von Bradley Hadleys Haus.

»Danke«, sagte Phoebe und legte dann den Hörer auf.

Bradley, Bradley, sinnierte sie, kenne ich jemanden, der so heißt? Der Name kam ihr irgendwie bekannt vor, aber sie wusste nicht, woher. Vielleicht weiß Piper was, dachte sie.

Piper war oben und hing Wäsche auf. Sie sah beängstigend gelassen aus. Alle benehmen sich seltsam, dachte Phoebe.

»Piper?«, fragte sie.

»Ja.«

»Geht es dir gut?«

»Warum sollte es mir nicht gut gehen?«, fragte Piper.

Phoebe wich zurück. »Einfach so, ich wollte es nur wissen. Ich bin unten.«

Sie wandte sich ab und floh. Die negative Energie, die Piper ausstrahlte, war überwältigend. Phoebe fragte sich, ob ihre Schwester und Leo den Rest der vergangenen Nacht damit verbracht hatten, sich zu streiten.

Sie ging in die Küche und trank ein Glas Wasser. Als sie das Glas in die Spüle stellte, betrat Piper den Raum.

»Hör zu, Piper, ich weiß, dass du nicht in bester Stimmung bist.«

»Wie kommst du darauf?«, fragte Piper. Ihr Tonfall war honigsüß, aber ihre Finger waren weiß, als sie die Tischkante umklammerte.

»Nun ja, wie es aussieht, willst du im Moment nicht darüber reden. Ist auch okay. Ich brauche nur deine Hilfe.«

»Okay.«

»Kannst du dich erinnern, ob wir je einem gewissen Bradley geholfen haben?«

»Bradley. Der Name kommt mir bekannt vor.« Piper dachte einen Moment nach. »Hmmm. Haben wir nicht einen Bradley gerettet, der von einer dämonischen Ex-Freundin verfolgt wurde?«

»Das stimmt!«, rief Phoebe. »Und er hatte eine Frau.«

»Ja.«

»Die Frau ist die Schwester des toten Mannes von gestern Nacht.«

»Merkwürdig. Denkst du, dass es da eine Verbindung gibt?«

»Nun, er wusste durch seinen Bruder, wer ich bin, aber ich glaube nicht, dass es noch eine andere Verbindung gibt.«

»Vielleicht sollten wir Bradley einen kleinen Besuch abstatten«, schlug Piper vor.

Phoebe drehte sich um, als sie Lärm auf der Veranda hörte. »Wie's aussieht, werde ich ihn allein besuchen.«

»Warum?«, fragte Piper.

Es klingelte an der Tür. »Ich schätze, das ist für dich, Piper.«

Phoebe ging hinaus und ließ vier Kinder herein. Sie schloss hastig die Haustür hinter sich, um Pipers undamenhafte Flüche nicht mehr hören zu müssen.

Sie brauchte zwanzig Minuten, um Bradleys Haus zu erreichen. Doch als sie dort ankam, erklärte ihr eine junge Frau, dass sie auf das Haus aufpasse und die Hadleys erst in einer Woche wieder zurück sein würden. Sie hatte Anweisung bekommen, niemandem ihre Telefonnummer zu geben. Phoebe konnte sie nicht überreden, gab es schließlich auf und fuhr in die Redaktion. Vielleicht konnte sie auf anderem Wege etwas mehr über den Mann herausfinden, der in ihren Armen gestorben war.

»Sie schon wieder?«, fragte Mary mit hochgezogenen Brauen.

»Ja«, bestätigte Paige. »Ich brauche das weiße Kleid.«

Paige konnte sich kaum auf das Konzert konzentrieren. Sie war viel zu sehr damit beschäftigt, sich zu überlegen, was sie sagen sollte, wenn sie Dale traf. Sie wollte vor dem Musikereingang auf ihn warten, selbst wenn es die ganze Nacht dauerte. Als er zu spielen begann, kam die Konzentration wieder und sie nahm verzückt jede Note in sich auf. Sobald er sich setzte, überlegte sie weiter.

Fünf Minuten vor Ende des Konzerts stand Paige auf und ging. Sie eilte nach draußen und stellte sich vor den Ausgang, den die Musiker benutzten.

Sie musste nicht lange warten. Dale war einer der Ersten, die herauskamen.

»Entschuldigen Sie«, rief Paige.

»Ja?«, sagte Dale und drehte sich zu ihr um.

Plötzlich brachte sie kein Wort mehr heraus und kam sich völlig bescheuert vor. Großartig, Paige, dachte sie, steh noch ein paar Sekunden länger so herum, und er wird dich für eine durchgedrehte Stalkerin halten.

»Ich wollte Ihnen nur sagen, wie gut mir heute Abend Ihr Auftritt gefallen hat.« Okay, sagte sie sich, das klang wenigstens halbwegs normal.

Er lächelte. »Und was ist mit Samstag? Hat Ihnen da mein Auftritt nicht gefallen?«

So viel zu dem Versuch, nicht wie eine Stalkerin zu wirken. »Doch, natürlich, Sie waren wundervoll.«

»Gut. Ich hätte nur ungern das Gefühl, nicht mein Bestes gegeben zu haben. Wo haben Sie heute Abend gesessen?«

»Sechste Reihe Mitte.«

»Gestern Abend saßen Sie in der ersten Reihe, nicht wahr?«

»Sie haben mich bemerkt«, sagte sie und spürte, wie sie errötete.

»Sie waren schwer zu übersehen.«

»Naja, das Kleid war …«

»Nein, nicht das Kleid, sondern Ihr Lächeln. Es hat den Saal erleuchtet.«

Aus dem Mund eines jeden anderen Mannes hätte dies wie ein billiges Kompliment geklungen, aber nicht aus

Dales. Er sagte es mit Nachdruck und stiller Überzeugung. Es war, als hätte er Millionen Frauen lächeln gesehen und wäre deshalb qualifiziert, ein unparteiisches Urteil über die Qualität von Paiges Lächeln abzugeben.

»Nun, was an meinem Auftritt hat Ihnen besonders gefallen?«, fragte er. Sein Lächeln schien ihr zu sagen, dass er die Antwort bereits kannte, aber dennoch wollte, dass sie sie formulierte.

»Ihre Leidenschaft und Ihre Präzision. Ich weiß, dass es widersprüchlich klingt, aber Sie machen alles so perfekt, ohne dass es etwas Mechanisches an sich hat. Sie spielen mit solcher Lebendigkeit, solcher Hingabe. Es ist inspirierend.«

»Vielen Dank«, erwiderte er. »Ich spiele schon viele Jahre und habe gelernt, dass man nur dann, wenn man das Handwerkliche perfekt beherrscht und alle Regeln kennt, die Freiheit hat, sich selbst auszudrücken.«

»Wow, das ist eine tiefgründige Einsicht«, meinte sie in Ermangelung besserer Worte. »Sie sagen also, dass die Befolgung von Regeln zur Freiheit führt?«

»Zur ultimativen Freiheit. Das Universum selbst ist von Ordnung geprägt, von Regeln. Versuchen Sie, gegen sie zu verstoßen, und Sie werden nicht viel erreichen. Aber wenn man mit ihnen arbeitet, kann man die Welt verändern.«

Seine Worte kamen Paige zutreffend vor. Sie hatte einen Großteil ihres Lebens damit verbracht, die Regeln – manchmal sogar das Universum, wie es schien – zu bekämpfen, und sie hatte wenig Erfolg damit gehabt. Jeder Sieg hatte einen hohen Preis gefordert. Vielleicht stimmte, was er sagte. Bei Dale schien es jedenfalls zu funktionieren.

»Kommen Sie morgen wieder?«, fragte er.

»Ich habe mich noch nicht entschieden …«

»Bitte kommen Sie. Ich werde mir nur für Sie etwas Besonderes einfallen lassen.«

Sie senkte den Blick und spürte, dass sie wie bescheuert grinste. »Vielen Dank«, murmelte sie.

»Ich freue mich. Nun, wenn Sie mich bitte entschuldigen würden, ich muss mich für den Rest des Abends zurückziehen. Bis morgen.«

»Bis morgen«, flüsterte Paige.

Als Paige nach Hause kam, stellte sie fest, dass sie über mehr Energie verfügte als zu Beginn des Abends. Statt ins Bett zu gehen, fand sie sich in der Küche wieder. Sie rührte bis spät in die Nacht Elixiere zusammen. Als sie müde wurde, hatte sie ein Dutzend kleiner Phiolen mit Tinkturen gefüllt und etikettiert.

»Gute Arbeit, Paige«, sagte sie zu ihrem Spiegelbild im Badezimmerspiegel, bevor sie ihre Zähne putzte. Sie hatte gute Arbeit geleistet. Vor allem bei dem letzten Elixier. Es war perfekt geworden. Sie wusste es, fühlte es in ihrer Seele.

Selbst als sie einschlief, dachte sie noch an die Zaubertränke. Sie glaubte, eine großartige Idee für ein neues Vernichtungselixier zu haben …

7

PHOEBE GÄHNTE, als sie das *Bay Mirror*-Gebäude betrat. Paige hatte sie mitten in der Nacht geweckt, weil sie im Schlaf gesungen hatte. Am Morgen dann, als Phoebe erschöpft die Treppe hinuntergegangen war, hatte Paige den Nerv gehabt, energiegeladen und fröhlich ununterbrochen zu plappern.

Als Phoebe aus dem Aufzug stieg, unterdrückte sie ein weiteres Gähnen. Wenigstens scheint sie viel glücklicher zu sein als in den letzten Tagen, dachte sie. Auch wenn es unheimlich ist. Sie ist normalerweise nicht so überdreht. Vielleicht sollte sie zu koffeinfreiem Kaffee wechseln.

»Phoebe, es wartet jemand in Ihrem Büro auf Sie«, erklärte der Praktikant, dessen Namen sie vergessen hatte.

Großartig, durchfuhr es sie, genau das, was ich nach einer schlaflosen Nacht brauche. Der Gedanke, kehrtzumachen, nach Hause zu fahren und wieder ins Bett zu kriechen, kam ihr plötzlich sehr verlockend vor. »Wirklich?«, fragte sie naserümpfend. »Wer?«

»Irgendein Mann. Er sieht irgendwie seltsam aus, wenn Sie mich fragen, aber er bestand darauf, mit Ihnen zu sprechen, und meinte, es ginge um Leben oder Tod.«

Die Härchen in Phoebes Nacken richteten sich auf. Ihre Schädeldecke prickelte. »Tja, in diesem Fall sollte ich wohl besser mit ihm reden«, sagte sie und bemühte sich, möglichst cool zu klingen.

Als der Praktikant sich abgewandt hatte, rannte Phoebe in ihr Büro und schlug hinter sich die Tür zu. Zu spät dämmerte es ihr, dass der Mann, der auf sie wartete, vielleicht kein Unschuldiger in Not oder jemand mit Neuigkeiten, sondern ein Psycho oder ein Dämon war.

Sie drehte sich um und starrte den Mann an, der auf ihrem Stuhl saß. Er trug einen dunklen Trenchcoat. Seine blonden Haare waren zu einem kleinen Pferdeschwanz zusammengebunden, und sein Gesicht war von Sorgenfalten zerfurcht. Nichtsdestotrotz warf er ihr einen überraschten Blick zu.

»Ein erstaunlicher Auftritt«, bemerkte er.

»Tut mir Leid. Kann ich Ihnen helfen?«, fragte sie.

»Das hoffe ich sehr«, sagte er und stand auf. »Ich brauche Ihre Hilfe.«

»Ich bin Ratgeberkolumnistin, und wenn Sie nicht auf einen Rat aus sind wie etwa den, ob Sie bei Ihrer Freundin bleiben sollen oder nicht, bin ich vielleicht die falsche Adresse.«

»Nein, ich brauche keinen Rat, ich brauche Hilfe. *Ihre* Hilfe. Ich spiele Geige im Sinfonieorchester von San Francisco.«

»Wenn es um den Mann geht, der ermordet wurde, sollten Sie mit der Polizei sprechen.«

»Nein, die kann mir nicht helfen. Ich denke, ich weiß, was vorgeht. Der Mann, der gestorben ist, hat sich aus einem bestimmten Grund an Sie gewandt. Er wusste, dass Sie über ... spezielle Fähigkeiten verfügen.«

»Ich weiß, dass meine Ratschläge gut sind, aber so weit würde ich nicht gehen«, erwiderte Phoebe kühl.

»Nein«, sagte er ungeduldig. »Magische Fähigkeiten.«

»Ah, ich verstehe«, stotterte Phoebe nervös. »Äh, warum machen wir nicht einen Spaziergang? Dann können wir uns in Ruhe unterhalten.«

»Wie Sie wünschen«, antwortete er.

Sie eilten aus dem Gebäude, ohne ein weiteres Wort miteinander zu wechseln. Sobald sie auf der Straße waren, drehte sich Phoebe zu ihm um. »Also, warum brauchen Sie meine Hilfe?«

»Es geht etwas sehr Seltsames in der Philharmonie vor.

Irgendjemand hat Peter getötet, und ich glaube, dass es noch mehr Tote geben wird«, erklärte der Mann.

»Wie kommen Sie darauf?«, fragte Phoebe.

Statt zu antworten, legte der Mann plötzlich den Kopf zur Seite. Phoebe konnte leise Musik hören, die vom Wind hergetragen wurde. Ohne ein Wort drehte der Mann sich plötzlich um und trat auf die Straße. Entsetzt verfolgte Phoebe, wie er von einem Laster erfasst wurde und durch die Luft flog.

Sie schrie und rannte zu ihm, während um sie herum die Autos mit quietschenden Reifen zum Halten kamen. Sie erreichte ihn, und noch während sie sich bückte, wusste sie, dass es zu spät war. Seine Augen waren bereits leer und starrten etwas an, das sie nicht sehen konnte.

»Er ist einfach vor meinen Wagen gelaufen«, sagte der Lkw-Fahrer verstört, als er zu ihr stürzte. »Ich habe einen Krankenwagen gerufen.«

»Es ist zu spät«, murmelte Phoebe. »Er ist tot.«

»Oh«, war alles, was der Fahrer von sich geben konnte. »Oh, nein.«

Phoebe blickte zu ihm auf. »Es war nicht Ihre Schuld. Es gab nichts, was Sie hätten tun können«, sagte sie.

»Danke«, flüsterte er. Tränen rannen über sein Gesicht.

Phoebe nickte bedächtig und sah wieder die Leiche an. Aber hätte ich etwas tun können?, fragte sie sich.

Sie wartete, bis die Polizei und die Sanitäter eintrafen. Sie erzählte ihnen, dass der Mann direkt vor den Laster gelaufen war, und verschwieg bewusst, dass sie kurz davor mit ihm gesprochen hatte.

Als sie fertig war, fuhr sie müde und tief traurig nach Hause. Was hat ihn dazu gebracht, plötzlich auf die Straße zu treten?, fragte sie sich. Was wollte er mir sagen? Wie kann ich es herausfinden?

Zu Hause schleppte sie sich die Treppe hinauf, um eine Dusche zu nehmen, und zog dann ein Top und eine Jogginghose an.

Als sie wieder unten war, nahm sie sich in der Küche ein Glas Wasser. Sie ging ins Wohnzimmer, legte sich auf die Couch und schloss die Augen. Nach fünf Minuten hörte sie, wie die Haustür geöffnet wurde.

»Was ist los mit dir?«, fragte Paige, als sie das Wohnzimmer betrat.

»Ich versuche herauszufinden, was vor sich geht.«

»Wieso? Was ist passiert?«

»Es gibt einen weiteren toten Musiker.« Sie schlug die Augen auf und bemerkte, dass Paige bleich geworden war.

»Wie hat er ausgesehen?«, fragte sie.

»Er war blond, ein Geiger.«

»Oh, gut«, sagte Paige voller Erleichterung.

»Gut?«, fragte Phoebe.

»Ach, du weißt schon, nicht gut, aber ich bin froh, dass es nicht Dale war.«

»Ich bin froh, dass du erleichtert bist, aber das ist der zweite Mann, der starb, als er versuchte, mit mir zu sprechen«, erklärte Phoebe.

»Das kann kein Zufall sein«, meinte Paige.

Die Haustür wurde geöffnet und wieder geschlossen.

»Das denke ich auch«, seufzte Phoebe.

»Was denkst du?«, fragte Piper, als sie hereinkam. Sie hatte gerade – wieder einmal – die letzten ausgerissenen Kinder nach Hause gebracht und ließ sich erschöpft in einen Sessel fallen.

»Dass vielleicht etwas Magisches am Werk ist«, sagte Phoebe.

»Ein weiterer Musiker ist heute getötet worden«, fügte Paige hinzu.

»Ein weiterer? Wo?«

»Vor meinem Redaktionsgebäude. Er war gekommen, um mit mir zu reden. Wir wollten einen Spaziergang machen, und plötzlich lief er auf die Straße, direkt vor einen Laster.«

»Autsch«, machte Piper.

»Das kannst du laut sagen«, erwiderte Phoebe.

»Und was – oder wer – ist hier am Werke?«, fragte Piper.

»Um ehrlich zu sein, ich weiß es nicht«, gestand Phoebe.

»Okay, was *wissen* wir?«, fragte Paige.

»Irgendjemand bringt Musiker aus der Philharmonie um«, sagte Phoebe.

»Haben diese Musiker irgendetwas gemeinsam, abgesehen davon, dass sie in der Philharmonie spielen?«, fragte Piper.

»Ich weiß es nicht, aber zumindest verbindet sie die Musik.«

»Mehrere der Kinder, die mir gefolgt sind, scheinen musikalisches Talent zu haben«, fügte Piper hinzu.

»Können wir davon ausgehen, dass es zwischen diesen beiden Umständen einen Zusammenhang gibt?«, fragte Paige.

Phoebe wirkte nicht überzeugt. »Professionelle Musiker und talentierte Kinder. Ich meine, mir ist klar, dass die Musik ein gemeinsamer Nenner ist, aber ich sehe nicht, wie es da einen Zusammenhang geben soll. Warum sollten diese Morde etwas mit der Tatsache zu tun haben, dass sich Piper plötzlich in einen Kindermagneten verwandelt hat?«

»Ich weiß es nicht, aber es kann doch kein Zufall sein, oder doch?«, fragte Paige.

»Wir glauben nicht an Zufälle«, sagten Piper und Phoebe gleichzeitig.

»Ihr macht es schon wieder, ihr Psychos«, schnaubte Paige.

»Sind all die Kinder, die dir folgen, musikalisch begabt?«, fragte Phoebe.

»Ich weiß es nicht«, gestand Piper.

»Also, wenn noch mehr von ihnen auftauchen, sollten wir versuchen, genau das herauszufinden.«

»Und wenn sie es sind, was könnte das bedeuten?«, fragte Paige. »Wenn nur Kinder, die Musik mögen, dir folgen, was würde das beweisen?«

»Ich weiß es nicht«, wiederholte Piper. »Aber wenigstens wäre es eine Spur.«

»Wir *wissen* also«, sagte Phoebe und setzte sich aufrecht hin, »dass wir im Grunde *nichts* wissen. Toll.«

»Es wird Zeit, im *Buch der Schatten* nachzuschlagen«, erklärte Piper.

»Wir sind schon unterwegs«, sagten Phoebe und Paige gleichzeitig.

»Psychos«, stichelte Piper.

Zwanzig Minuten später blätterte Paige noch im *Buch der Schatten*, während ihre Schwestern einige andere okkulte Werke durchsahen.

»Wartet, ich habe etwas gefunden!«, rief Paige. »Nein, vergesst es, es war *Musi*, nicht *Musik*.«

»Was ist ein Musi?«, fragte Phoebe.

»Nicht was, sondern wer«, korrigierte Paige. »Er scheint ein unbedeutender Hexer zu sein.«

»Er mag weder Musik noch Kinder?«, fragte Piper.

»Nein, er mag Frösche und Pantomimen.«

»Pantomimen? Wir sollten ihn dafür vernichten«, sagte Phoebe spöttisch.

»Weiter geht's«, murmelte Paige.

Sie schlug mehrere Seiten um, bevor sie das Buch schließlich zuklappte. »Ich geb auf. Ich finde hier nichts.«

»Was machen wir jetzt?«, fragte Phoebe. »Leo rufen?«

»Er ist bis jetzt keine große Hilfe gewesen«, knurrte Piper.

»Dann wird es Zeit, dass er etwas unternimmt«, erklärte Paige.

Alle drei schrieen: »Leo!«

»Nicht so laut«, sagte er, als er die Treppe heraufkam. »Was gibt's zum Abendessen?«

»Ein dampfend heißes Mysterium«, antwortete Phoebe. »Ein weiterer Musiker wurde getötet, als er versucht hat, mit mir zu reden.«

»Okay. Das ist nicht gut.«

»Das dachten wir irgendwie auch«, sagte Piper. »Wir haben im Buch nachgesehen, aber ohne Erfolg.«

»Ihr denkt, dass es einen Zusammenhang mit den Kindern gibt?«, fragte er.

»Wir glauben schon, können es aber nicht beweisen«, meinte Paige.

»Ich kann versuchen festzustellen, ob die beiden Musiker andere Gemeinsamkeiten haben«, bot Phoebe an.

»Ich kann Dale fragen, ob er irgendetwas über sie weiß«, fügte Paige hinzu.

»Ich schätze, das bedeutet, dass ich mich um die Kinder kümmern muss. Schon wieder«, sagte Piper spitz. Sie seufzte. »Ich werde versuchen, mehr über sie herauszufinden.«

Als Paige mit ihrer Kreditkarte in der Hand die Boutique betrat, hatte Mary das grüne Kleid bereits für sie eingepackt. Paige gab Mary ihre Kreditkarte, und Mary reichte ihr die Tasche mit dem Kleid. Eine Minute später verließ Paige den Laden, ohne dass ein Wort gefallen war.

Auf dem Weg nach Hause dachte sie nur an den vor ihr liegenden Abend. Als sie durch die Tür trat, blieb sie wie angewurzelt stehen. Das gesamte Wohnzimmer war voller Kinder, und Piper ragte in der Mitte zwischen ihnen auf. »Wow, was ist denn hier los?«, fragte Paige. »Bin ich zu Hause oder in Hogwarts?«

»Sehr witzig«, sagte Piper mürrisch. »Du bist zu Hause, und wir stehen unter Belagerung.«

»Tja, du hast gesagt, du wolltest mehr über sie herausfinden«, erinnerte Paige und stellte ihre Einkaufstasche ab.

»Richtig. Aber nicht über alle auf einmal«, konterte Piper.

»Was sollen wir tun?«

»Tun? Nichts. Wir warten auf Darryl. Er kommt, um die Kinder abzuholen, und sammelt hoffentlich ein paar Infos, wenn er sie nach Hause bringt.«

»Wie will er …?«, begann Paige.

»Hier sind eine Menge Wiederholungstäter«, warf Phoebe vom Sofa aus ein. Paige hatte sie vorher nicht bemerkt, weil sie halb unter einem Haufen Kinder begraben war.

»Hört mal, das kann nicht natürlich sein«, sagte Paige. Sie nahm ihre Tasche und wandte sich zur Treppe.

Piper öffnete und schloss ihren Mund dreimal in schneller Folge.

»Ich denke, der Ausdruck, den du suchst, ist *Ach, wirklich?*«, meinte Phoebe.

Paige blieb an einem Blumenstand vor der Philharmonie stehen und kaufte aus einer Laune heraus eine einzelne gelbe Rose. Sie hielt sie an ihre Nase und atmete den süßen Duft ein. Dann eilte sie in das Gebäude hinein.

Ein Saalordner fragte sie, ob er ihr helfen sollte, ihren Platz zu finden, aber sie erklärte, sie kenne sich aus.

Sie fand ihren Platz – sechste Reihe Mitte – und ließ sich nieder. Sie schlug ihr Programmheft auf und vertiefte sich erneut in Dales Biografie.

»Ma'am?«

Paige hob den Kopf und sah den Saalordner an, der neben ihr stand.

»Ja?«, sagte sie und fragte sich, ob sie auf dem falschen Platz saß.

Dann bemerkte sie, dass der Mann ihr einen weißen Umschlag hinhielt. »Mir wurde aufgetragen, Ihnen das hier zu geben.«

Sie nahm ihn zögernd entgegen. »Von wem?«

Der Saalordner lächelte steif. »Das geht wahrscheinlich aus der Nachricht hervor«, antwortete er. Ehe Paige eine weitere Frage stellen konnte, wandte er sich ab und eilte davon.

Seltsam, dachte sie und sah den Umschlag an. Wer weiß, dass ich hier bin? Plötzliche Wärme durchflutete sie, als ihr dämmerte, wer ihn geschickt haben musste. Sie blickte kurz zur Bühne, sah aber niemanden.

Sie öffnete den Brief und zog ein dünnes Blatt Pergamentpapier heraus. Darauf war mit Goldtinte geschrieben: »Genießen Sie das Konzert. Wir sehen uns hinterher.«

Aufgeregt fächelte sich Paige mit dem Papier etwas Luft ins Gesicht. »Ich werde dieses Konzert bestimmt genießen«, sagte sie.

»Ja, das werden Sie, meine Liebe«, stimmte eine ältere Frau lächelnd zu. Sie ließ sich auf dem Platz neben Paige nieder.

Paige lächelte zurück, bevor sie ihren Blick wieder auf die Bühne richtete. Sie wartete ungeduldig, bis ein paar Minuten später das Licht gedämpft wurde, das Publikum verstummte und die Musiker die Bühne betraten. Während der Dirigent sie ihre Instrumente stimmen ließ, suchte Paige Dales Gesicht.

Er sieht mich direkt an!, bemerkte sie erstaunt. Woher wusste er, wo ich sitzen würde?

Er lächelte und sie lächelte heftig errötend zurück. Keiner der anderen Zuschauer konnte wissen, dass er sie ansah, aber sie hatte das Gefühl, als würde es allen auffallen. Nachdem sie Dale eine Minute lang selig angestarrt hatte, bemerkte sie, dass sie auf der Stuhlkante saß, und sie lehnte sich zurück.

Bleib bloß cool, mahnte sie sich. Doch als der Dirigent seinen Stab hob und der Moment völliger Stille einsetzte, in dem alle erwartungsvoll den Atem anhielten, war Paige nicht nur atemlos, sondern von Gefühlen überwältigt.

Kurz vor der Pause war sie den Tränen nahe. Dales Solo war noch bewegender gewesen als die Abende zuvor. Die Töne schienen aus seiner Flöte direkt in ihre Seele zu strömen und dort ein Feuer zu entzünden.

Als die Pause kam und die Musiker aufstanden, verbeugte sich Dale knapp vor ihr.

»Ja!«, rief Paige.

Die alte Dame streckte eine Hand aus und tätschelte ihr Knie. »Ich wusste, dass es Ihnen gefallen wird, meine Liebe.«

Paige sah sie an. »Es ist sehr … stimulierend«, erwiderte sie mehrmals nickend und wünschte, ihr wäre etwas Geistreicheres eingefallen.

Sie stand auf, entschuldigte sich und ging zur Toilette. Dort war sie die Letzte in einer Schlange von fünfzig anderen Frauen. Sie tappte ungeduldig mit dem Fuß und erntete einen verärgerten Blick von der Frau vor ihr. Paige überlegte, lauter zu tappen, änderte aber ihre Meinung und trommelte stattdessen mit den Fingern auf ihren Arm. Sie sah auf ihre Uhr, während sich die Schlange quälend langsam weiterbewegte.

»Komm schon, komm schon«, sagte sie, wieder ungeduldig mit dem Fuß tappend.

Nur ein paar Frauen hatten es in die Toilette und wieder heraus geschafft, als die Hauslichter flackernd das Ende der Pause signalisierten.

»Unglaublich«, murmelte Paige. Ihr kam ein Gedanke, und sie warf einen prüfenden Blick in die Runde. Sie löste sich aus der Schlange und schlich um eine Ecke. Niemand sah in ihre Richtung. »Nun, es ist eine Art Notfall«, brummte sie. Sie schaute sich erneut um und orbte dann – direkt nach Hause ins Badezimmer. Phoebe, die gerade ein Schaumbad nahm, kreischte. »Paige! Was machst du hier?«

»Kann nicht reden, muss pinkeln. Ich bin gleich wieder weg.«

»Du kannst nicht einfach hier hereinorben, Paige«, sagte Phoebe und wandte den Kopf ab, als ihre Halbschwester das Klo benutzte.

»Doch, ich kann es und ich habe es getan«, informierte Paige sie. »Außerdem war es ein Notfall.«

»Ein Notfall?«, wiederholte Phoebe.

»Ja, ich wollte nicht, dass all diese Leute sehen, wie ich mir in die Hose mache.«

»Wenn man bedenkt, dass du ein Kleid und keine Hose trägst, wäre das ein toller Trick«, knurrte Phoebe.

»Nun ja, darauf sind wir spezialisiert, nicht wahr? Tricks, Magie – alles Übernatürliche, das passieren kann, wird passieren. Und wenn man diese Tatsache bedenkt, warum sollte ich das Risiko eingehen?«

»Paige, du bist unmöglich«, schimpfte Phoebe.

»Nein, nur höchst unwahrscheinlich«, entgegnete Paige, als sie sich die Hände wusch. »Ich muss los. Tschüss.«

Sie materialisierte wieder in der dunklen Ecke, aus der sie zuvor verschwunden war. Die Schlange vor dem Damenklo war kaum kürzer geworden. Alle Männer hingegen schienen in den Konzertsaal zurückgekehrt zu sein, was allerdings keine Überraschung war. Paige unterdrückte ein Lachen, als sie einige Frauen sah, die nervös die Männertoilette beäugten. Geht schon rein, Ladys, ich werde es keinem erzählen, und keine von uns wird euch einen Vorwurf daraus machen, dachte sie.

Paige eilte zu ihrem Platz, setzte sich und seufzte glücklich, als im selben Moment die Lichter gedämpft wurden und die Musiker zu ihren Instrumenten zurückkehrten.

Dale beendete sein zweites Solo mit einem Schnörkel, an den sie sich nicht erinnern konnte, und Paige wusste, dass er für sie bestimmt war.

Das Konzert war viel zu schnell zu Ende. Paige blieb auf ihrem Platz sitzen, während der Rest der Zuschauer aus dem Saal strömte. Wo soll ich ihn treffen?, fragte sie sich. Vielleicht wieder draußen.

Schließlich stand sie auf und begab sich langsam ins

Foyer. Er wartete auf sie, lehnte mit verschränkten Armen und einem Lächeln auf dem Gesicht an einer Säule.

»Hat Ihnen das Konzert gefallen?«, fragte er grußlos.

»Ja«, antwortete Paige und gab ihm die Rose.

»Gelb. Für Freundschaft?«, erkundigte er sich lächelnd, während er den Stiel zwischen seinen Fingern drehte.

»Für Schönheit und Musik«, erklärte Paige. Seine Miene verdüsterte sich ein wenig, und sie fügte verschmitzt hinzu: »Und für Freundschaft.«

»Gut. Wissen Sie, alle großen Freundschaften haben eins gemeinsam.«

»Ach, ja? Und was?«

»Beide Seiten kennen den Namen des jeweils anderen«, sagte er spitzfindig.

»Es tut mir Leid«, entschuldigte sie sich und gab ihm ihre Hand. »Paige Matthews, Ihr größter Fan.«

»Dale Allen, ganz der Ihre«, sagte er. Paige errötete, als Dale ihre Hand einen Moment länger als nötig in seiner behielt. Schließlich ließ er sie los, und sie überlegte fieberhaft, was sie sagen sollte.

»Ich habe bemerkt, dass das Orchester dieses Stück nur noch eine Woche spielen wird. Ich schätze, danach kehren Sie dorthin zurück, wo Sie hergekommen sind?«, meinte sie schließlich und bereute es sofort. Sehr geschickt, Paige, wirklich subtil.

Er lächelte und sah ihr tief in die Augen. »Normalerweise wäre das der Fall. Im Moment besteht allerdings die Möglichkeit, dass ich länger in der Stadt verweile.«

»Wirklich? Warum?«, fragte Paige und versuchte, nicht zu aufgeregt zu klingen.

»Die Philharmonie hat sich entschlossen, ein neues Projekt ins Leben zu rufen – ein Kinderorchester – und ich bin einer der Kandidaten, die als Dirigent in Frage kommen.«

»Gibt es nicht schon ein Jugendorchester?«, fragte Paige.

»Das ist richtig, aber das steht nur Jugendlichen zwischen zwölf und zwanzig offen. Das neue Orchester wird Kinder bis elf Jahre aufnehmen.«

»Ich verstehe. So etwas wie eine Talentschmiede?«

»Etwas in der Art«, bestätigte er mit einem Lachen.

»Und Sie werden der Dirigent sein?«

»Wenn alles gut geht, ja. Aber es gibt noch mehrere andere Bewerber für den Posten.«

»Nun, ich kann mir niemanden vorstellen, der besser qualifiziert ist«, meinte Paige und ließ ihr schönstes Lächeln aufblitzen.

»Hoffen wir, dass der Verwaltungsrat derselben Meinung ist.«

»Wie könnten sie sich anders entscheiden? Sie müssen Sie nur spielen hören.«

»Wirklich, ist das alles?«, fragte er und flirtete sie dabei mit den Augen an.

»Nun, das und vielleicht ein Abendessen«, schlug Paige schüchtern vor.

»Und das wird meine Ernennung garantieren?«, fragte er.

»Absolut.«

»Nun, dann sollte ich für das große Ereignis besser schon mal üben. Paige, würden Sie vielleicht mit mir essen gehen?«

»Ich wäre entzückt«, antwortete sie und berührte ihn leicht mit ihrer Stola.

»*Max's Opera Café*?«, schlug er vor.

»Klingt super.«

Er lächelte und hielt ihr seinen Arm hin. »Sollen wir zu Fuß gehen? Ich könnte etwas frische Luft gebrauchen.«

Sie nahm seinen Arm, und sie gingen die paar Blocks zu Fuß. Ein warmes Gefühl umhüllte sie, und sie war erstaunt, wie entspannt sie war. Sie schwiegen unterwegs, aber nicht aus Verlegenheit. Es fühlte sich sehr vertraut an, mit Dale spazieren zu gehen, als wären sie alte Freunde, die es einfach genossen, zusammen zu sein.

Kurze Zeit später erreichten sie das Café, und als sie hineingingen, standen die Leute auf und klatschten Applaus.

Paige errötete und versuchte, sich von Dale zu lösen. Es war ihr unangenehm, mit im Rampenlicht zu stehen. Aber er hielt ihren Arm ganz fest, als er lächelte und sich verbeugte. Schließlich nahmen die Gäste wieder Platz, und der Küchenchef führte sie eilig zu einem gemütlichen Tisch in einer Ecke.

»Wow, ich bin noch nie zuvor mit einer Berühmtheit essen gegangen«, bemerkte Paige, als sie sich hingesetzt hatten.

Er machte eine abfällige Handbewegung. »Morgen werden sie nicht einmal mehr wissen, wie ich aussehe. Ich garantiere Ihnen, dass die Hälfte der Leute, die das Konzert besucht hat, nicht einmal weiß, wen sie gerade mit Standing Ovations gefeiert haben.«

»Das ist traurig.«

Er zuckte die Schultern. »Das ist das Leben.«

»Wie lange spielen Sie schon?«

»Mein ganzes Leben lang.«

Der Kellner kam, um ihre Bestellungen aufzunehmen. Als er gegangen war, beugte sich Dale zu Paige vor. »Ich will etwas über Sie hören.«

Sie lächelte. »Also, ich werde definitiv *nicht* vergessen, wie Sie aussehen. Meine Eltern haben mich oft mit in die Philharmonie genommen, als ich noch ein Kind war, aber in den letzten Jahren war ich nicht mehr dort. Als ich Sie dann aber letzte Woche spielen hörte, hat es irgendetwas in mir berührt. Sie sind wirklich erstaunlich. Ich habe nicht gewusst, dass jemand so spielen kann. Was Sie gestern Abend zu mir gesagt haben, hat mir die Augen geöffnet.«

Er schüttelte leicht amüsiert den Kopf. »Paige, Sie reden über *mich*. Ich will nichts über mich oder meine Musik hören. Ich will etwas über *Sie* hören.«

»Tut mir Leid, ich schätze, Sie merken selbst, dass Sie mich tief beeindruckt haben. Okay, also über mich.« Sie nahm ihr Wasser, trank einen Schluck und bemerkte, dass ihre Hand leicht zitterte. Wow, dachte sie, ich kann nicht fassen, was für eine Wirkung er auf mich hat.

Sie stellte ihr Glas ab und verspürte den plötzlichen, wilden Drang, ihm *alles* zu erzählen, sogar die Tatsache, dass sie eine Hexe war.

»Ich, äh, bin Sozialarbeiterin.«

Er nickte ermutigend.

»Ich habe zwei Schwestern, das heißt eigentlich Halbschwestern, und das habe ich erst vor kurzem erfahren, weil ich adoptiert wurde. Die beiden sind toll, aber manchmal fühle ich mich wie das fünfte Rad am Wagen, verstehen Sie, weil ich nicht da war, als sie aufwuchsen, weil ich nicht Teil ihrer Geschichten bin. Ich hatte eine andere Halbschwester, die starb, bevor ich sie kennen lernen konnte. Meine Adoptiveltern sind tot, meine leibliche Mutter ist tot. Ich male gern, aber ich habe fast nie Zeit dafür, weil ich immer so beschäftigt bin. Ich habe durch das Zusammenleben mit meinen Halbschwestern eine Reihe neuer Verpflichtungen. Es gibt Dinge, die wir zusammen machen, die ziemlich viel Zeit kosten. Wir helfen den Menschen. Wir sind …«

Sie biss sich auf die Zunge, um nicht *Hexen* zu sagen.

»Sie sind was?«

Sie sehnte sich danach, ihm die Wahrheit anzuvertrauen, und ihre Hände zitterten noch mehr. Schließlich keuchte sie: »Gute Samariterinnen.«

»Das ist äußerst selbstlos«, meinte er.

An der Art, wie er die Augen verengte, konnte sie erkennen, dass ihm klar war, dass sie eigentlich etwas anderes hatte sagen wollen. Aber er ließ es durchgehen.

»Sind Ihre Schwestern heute mit Ihnen in der Philharmonie gewesen?«, fragte er.

»Nein, ich habe versucht, sie zu überreden, aber Piper hatte alle Hände voll mit diesen Kindern zu tun und Phoebe sucht einen Mörder.«

»Sie ist Polizistin?«

»Äh, nein«, erwiderte Piper und hätte sich am liebsten selbst geschlagen. »Sie arbeitet für eine Zeitung.«

»Sie ist nicht zufällig *Fragen Sie Phoebe*, oder doch?«

»Ja, das ist sie.«

»Ein paar der Musiker lesen ihre Kolumne vor den Konzerten.«

»Ich werde es ihr sagen, das wird sie freuen«, erwiderte Paige.

»Was mögen Sie sonst noch?«

»Außer Ihrer Musik?« Sie lachte.

»Ja, außer meiner Musik.«

»Ich weiß nicht. Ich helfe gerne den Menschen, ich tanze

gern. Ich mag Sie«, erklärte sie, bevor sie begriff, was sie da sagte.

»Ich mag Sie auch, Paige.«

Ein singender Kellner servierte das Essen und ersparte ihr so eine Antwort.

»Wissen Sie, ich wohne schon mein ganzes Leben in der Stadt und habe noch nie hier gegessen«, erzählte Paige, nachdem der Kellner sein Ständchen beendet hatte und wieder gegangen war.

»Das ist das Schöne, wenn man um die ganze Welt reist«, meinte Dale und beugte sich näher zu Paige. »Ich besuche all die Touristenattraktionen, die so viele der Einheimischen verpassen oder als selbstverständlich hinnehmen.«

»Wow, das muss ziemlich cool sein.«

Er lächelte. »Das ist es.«

»Wird es Ihnen nicht schwer fallen, sich hier niederzulassen, wenn Sie Dirigent werden?«

»Ich glaube, ich werde es genießen, einige Zeit in San Francisco zu verbringen«, sagte er mit einem bedeutungsvollen Lächeln. »Diese Stadt hat eine Menge zu bieten. Außerdem könnten Sie mir vielleicht die Sehenswürdigkeiten zeigen.«

»Die Sachen, die die Einheimischen verpassen?«

»Ja.«

»Das klingt toll«, sagte Paige errötend.

8

»*B*IST DU SICHER, dass nichts im *Buch der Schatten* steht?«, fragte Phoebe, die auf dem Boden der Dachkammer lag.

»Ja«, sagte Piper und schlug das Buch zu.

»Da war nichts über Musik oder Sinfonieorchester oder Dirigenten oder Kinder?«

»Wenn du selbst nachsehen willst, nur zu«, erwiderte Piper und setzte sich auf den Boden.

»In Ordnung«, sagte Phoebe und sprang auf. Sie ging zu dem Buch und begann zu blättern.

»Das habe ich bereits getan«, erinnerte Piper sie.

»Okay, schön«, meinte Phoebe. Sie legte die Hände auf das Buch, holte tief Luft und intonierte: »Musiker und Kinder unsere Probleme sind. Wir müssen sie lösen, also hilf uns geschwind.«

Die Buchseiten flatterten kurz, aber dann klappte es zu. Phoebe ließ resigniert die Schultern hängen. »Wir könnten Leo fragen«, meinte sie schließlich.

»Das haben wir bereits getan.«

»Na gut, ich schätze, dann müssen wir es eben auf die altmodische Weise machen«, erklärte Phoebe und hob trotzig ihr Kinn.

»Und die wäre?«

Daniel Thompson war der Kunstkritiker und Kulturexperte der Zeitung. Phoebe hatte eine halbe Stunde damit verbracht, ihn durch die Korridore zu verfolgen und ihn stets um einen Moment verpasst. Aber sein Rasierwasser hing noch in der Luft, und die Duftspur führte sie zum Pausentisch, wo er mit einem fettarmen Sesambrötchen in der einen Hand und einem Kaffee Latte in der anderen saß.

»Daniel!«

Er drehte sich zu ihr um, und sein Schmuck funkelte und blitzte im Licht. Er lächelte sie schüchtern an. »Schätzchen, was kann ich für Sie tun?«

»Es geht um die ermordeten Musiker.«

»Oh, das, sehr unangenehm, ein schrecklicher Verlust von Talent.«

»Ja«, bestätigte Phoebe und rang sich ein Lächeln ab. »Was können Sie mir über die beiden erzählen?«

»Ein Cellist und ein Violinist. Der Cellist war schon drei Jahre beim Sinfonieorchester und lebte in einer festen Beziehung; der Violinist sogar acht Jahre, geschieden.«

»Das weiß ich, aber ich suche nach mehr. Hatten sie irgendetwas gemeinsam?«, fragte Phoebe.

»Außer Ihnen?«, sagte Daniel leichthin, während er an seinem Latte nippte.

»Was soll das heißen?«, fragte Phoebe und verschränkte abwehrend die Arme vor der Brust.

»Kommen Sie, Schätzchen, Sie waren dabei, als beide starben.«

Sie schloss einen Moment die Augen und versuchte sich zu beruhigen. Dann öffnete sie sie wieder und funkelte Daniel an. »Ja, außer mir«, sagte Phoebe und machte sich in Gedanken eine Notiz, ihn eines Tages in irgendetwas Ekelhaftes zu verwandeln.

Daniel schlürfte weiter provozierend laut seinen Latte. Schließlich zupfte er an einem seiner silbernen Ohrstecker. »Nun, ich weiß, dass sich beide für den Posten als Dirigent des neuen Kinderorchesters beworben haben.«

»Wirklich? Und wer hat sich sonst noch dafür beworben?«

»Sehe ich etwa wie die Auskunft aus?«

»Eigentlich sehen Sie wie ein ganz hinreißender Mann aus.«

»Mit Schmeicheleien werden Sie nichts erreichen.«

»Aber es stimmt. Sie sind ein hinreißender Mann mit einem unglaublichen Kleidergeschmack«, bekräftigte Phoebe.

»Nun, Sie haben Recht. Okay, ich verrate es Ihnen. Ich weiß noch von zwei anderen Kandidaten, Rudolph Trent und Dale Allen.«

»Sind Sie sicher, dass die beiden die Einzigen sind?«, fragte Phoebe.

»So sicher, wie man nur sein kann«, erklärte Daniel mit einem affektierten Lächeln.

»Danke, Daniel, Sie sind der Beste«, sagte Phoebe hastig und eilte in ihr Büro.

»Vergessen Sie das bloß nicht, Missy«, rief er ihr nach.

Phoebe schüttelte nur den Kopf und lief den Flur hinunter.

Leo beugte sich auf der Wohnzimmercouch nach vorn. »Die Ältesten glauben, dass eine Art Zauber am Werk sein könnte, wenigstens was die Kinder betrifft. Sie wissen aber nichts über die Musiker, die ja schließlich auch mit nichtmagischen Mitteln getötet wurden«, berichtete er Piper.

»Gibt es irgendwelche Informationen darüber, wer den Zauber gewirkt haben könnte, ob ich oder die Kinder damit belegt wurden, oder wie man ihn aufheben kann?«, drängte Piper.

»Bis jetzt noch nicht«, antwortete Leo verlegen.

Die Haustür ging auf und wieder zu, und Phoebe betrat den Raum.

»Ich nehme an, du hast etwas herausgefunden?«, fragte Piper.

»In der Tat«, bestätigte Phoebe mit einem selbstzufriedenen Grinsen, das verblasste, als Paige ins Zimmer kam.

»Was ist los?«, fragte Paige.

»Ich habe Erkundigungen über die beiden toten Männer eingeholt.«

»Und?«

»Ich habe etwas herausgefunden. Die beiden Musiker, die getötet wurden, haben sich für einen Dirigentenposten beworben. Offenbar wird ein neues Kinderorchester gegründet«, sagte Phoebe.

»Leute! Wir müssen etwas unternehmen! Dale ist einer der Kandidaten für den Dirigentenposten«, rief Paige mit Panik in der Stimme. »Wir können nicht zulassen, dass ihm etwas zustößt!«

»Das werden wir auch nicht«, versicherte Phoebe ihr.

»Offenbar gibt es noch einen anderen Bewerber für den Posten – Rudolph Trent.«

»Er muss der Täter sein, er will den Posten haben!«, entfuhr es Paige.

»Paige, lass uns keine vorschnellen Schlüsse ziehen. Wir wissen nicht mit Sicherheit, dass die Dirigentensache mehr als nur ein Zufall ist. Wer auch immer dahintersteckt, könnte auch einfach einen Groll gegen Streicher oder Musiker im Allgemeinen haben«, wiegelte Leo ab.

»Er hat Recht. Und selbst wenn die Dirigentensache kein Zufall ist, haben wir keinen Beweis dafür, dass dieser Trent der Täter ist. Es könnte durchaus jemand anders sein, der denkt, dass er eine Chance kriegt, wenn er alle derzeitigen Kandidaten umbringt«, sagte Phoebe.

»Okay, dann müssen wir beide beschützen«, erwiderte Paige. »Aber lasst uns bitte irgendetwas tun. Wir können nicht einfach dastehen und warten, bis Dale getötet wird.«

»Du sorgst dich wirklich um ihn, nicht wahr?«, fragte Piper mit Neugier in der Stimme.

Paige holte tief Luft. »Ja, aber es ist seltsam. Ich liebe es, ihn spielen zu hören, ich bewundere und respektiere ihn. Das ist die Verbindung. Es ist nicht so, dass er einfach nur ein Mann ist, auf den ich stehe. Es geht tiefer. Um ehrlich zu sein, ich habe noch nicht einmal daran gedacht, ihn zu küssen.«

»Wow«, machte Phoebe.

»Was?«

»Das ist einfach nicht normal.«

»Ja, ich schätze, das ist es nicht«, sagte Paige. »Also, was werden wir tun?«

»In Ordnung, ich werde diesen Rudolph Trent überprüfen und feststellen, ob er etwas mit den Morden zu tun hat oder irgendwas weiß.«

»Ich werde weiter die ruhige, derzeit kinderfreie Zone hier genießen«, erklärte Piper.

»Wie soll das helfen?«, fragte Phoebe.

»Es wird *mir* helfen, meine Batterien aufzuladen und nachzudenken«, antwortete Piper in einem Ton, der signalisierte, dass das Gespräch beendet war.

»Ich werde Dale anrufen«, bot Paige an. »Er weiß vielleicht was. Wir müssen ihn beschützen.«

»Ja, das müssen *wir*«, sagte Piper und wechselte einen Blick mit Phoebe.

»Nun, zumindest eine von uns«, fügte Phoebe lächelnd hinzu.

Von einer düsteren Vorahnung erfüllt nahm Darryl den Hörer ab. »Hallo?«

»Darryl, hier ist Paige.«

»Oh, nein. Keine Kinder, keine toten Männer. Ich habe genug davon.«

»Nein, nichts in der Art. Ich möchte, dass du herausfindest, wo Dale ist.«

»Wer?«, fragte er.

»Dale Allen, der vierte Musiker.«

»Welcher vierte Musiker? Paige, ergeben deine Worte keinen Sinn oder habe ich heute einfach zu viel Kaffee getrunken?«

»Er ist einer der Musiker, die sich für den Dirigentenposten bewerben, genau wie die beiden toten Männer. Er könnte ermordet werden. Er könnte bereits tot sein. Ich kann ihn mit magischen Mitteln nicht aufspüren, weil ich keinen persönlichen Gegenstand von ihm habe, und ich hab stundenlang versucht, ihn anzurufen, und er geht nicht ans Telefon.«

»Paige, ich weiß nicht, wo er ist.«

»Du bist die Polizei. Kannst du nicht irgendwas tun?«

»Offiziell nein. Nicht innerhalb der nächsten vierundzwanzig Stunden.«

»Aber du hast binnen weniger Stunden die vermissten Kinder gesucht.«

»Aber nur, weil sie kleine Kinder waren, keine erwachsenen Männer. Es tut mir Leid, Paige; wenn es nach mir ginge, würde ich sämtliche Ressourcen des San Franciso Police Departments einsetzen, um diesen Kerl für dich aufzuspüren, aber es geht nicht nach mir«, sagte er und versuchte dabei, den sarkastischen Unterton in seiner Stimme zu unterdrücken.

»Aber, Darryl …«

»Kein aber. Nebenbei, wer ist Nummer drei?«

»Was?«

»Der dritte Musiker, wer ist er?«

»Ich weiß es nicht, irgendein Kerl.«

»Das ist sehr hilfreich. Irgendein Kerl. Irgendein Kerl ist nicht zufälligerweise auch tot oder verschwunden?«

»Ich weiß es nicht. Phoebe überprüft ihn, denke ich.«

»Ah. Nun, wenn sie es weiß, ruf mich an. Bis dahin warte einfach ab. Er wird schon wieder auftauchen.«

Er legte den Hörer auf, bevor sie noch etwas sagen konnte. San Francisco hat sich in ein Irrenhaus verwandelt, dachte er. Seufzend stand er auf, um sich eine weitere Tasse Kaffee zu holen.

Als Paige nach dem Gespräch mit Darryl aufgelegt hatte, überlegte sie sofort, ob sie nicht gleich wieder anrufen sollte. Sie hatte drei Stunden lang versucht, Dale zu erreichen, aber er nahm nicht ab. Panik stieg in ihr auf, obwohl sie wusste, dass es natürlich vieles gab, was ihn davon abhalten konnte, ans Telefon zu gehen.

Phoebe war noch immer unterwegs und befragte hoffentlich den anderen Musiker. Piper hatte entgegen ihrer Hoffnung keine Ruhepause genießen können. Im Wohnzimmer waren mehrere Kinder, trommelten auf den Möbeln herum und malträtierten Paiges Ohren.

Sie nahm den Hörer und wählte erneut. Nach dem dritten Klingeln wurde abgenommen.

»Hallo?«, sagte eine Männerstimme.

»Dale! Hi, hier ist Paige.«

»Paige, wie schön, Sie zu hören. Wie kommen Sie mit dem Malen voran?«

»Ich habe es im Moment zurückgestellt. Hören Sie zu, ich muss Sie sehen.«

»Ich würde Sie auch gern treffen. Morgen Abend habe ich frei.«

»Nein, ich muss Sie vorher sehen.«

»Ich kann vorher nicht weg. Ich habe Proben, und ich muss wegen des Kinderorchesters mit dem Verwaltungsrat über meine Qualifikationen reden.«

»Bitte, Dale, es ist wichtig.«

»Es kann nicht warten?«, fragte er mit einem flirtenden Unterton.

»Nein, wirklich nicht. Äh ... kannten Sie diese beiden Musiker, die ermordet wurden?«

»Nur vom Sehen, aber ich habe von der Sache gehört«, sagte er und klang jetzt ernster.

»Wir haben Grund zu der Annahme, dass Sie in Gefahr sind.«

»Wer ist wir?«, fragte er. Seine Stimme war kaum mehr als ein Flüstern.

»Meine Schwestern und ich. Hören Sie, es ist wirklich schwer zu erklären. Ich muss Sie einfach sehen. Können Sie hierher kommen?«

Ein plötzliches Krachen in ihrem Rücken ließ Paige zusammenfahren. Sie orbte davon, ehe sie sich zusammenriss und gerade noch rechtzeitig zurückorbte, um den Hörer aufzufangen, bevor er auf dem Boden landete.

»Was war das für ein Lärm?«, fragte Dale.

»Nichts. Meine Schwester ... passt auf eine Horde Kinder auf, und sie machen anscheinend alle sehr gern Musik.«

»Es klingt, als würdet ihr ein eigenes Orchester zusammenstellen.«

Paige lächelte. »Nun, wollen Sie kommen und es dirigieren?«

Er lachte leise. »Liebend gern.«

Paige gab ihm die Adresse, legte auf und ging ins Wohnzimmer. »Er kommt«, informierte sie Piper.

»Großartig«, sagte Piper. Ihre Gesichtszüge waren verspannt, und ihre Stimme klang entnervt. »Vielleicht kann er mir helfen, sie unter Kontrolle zu bringen«, sagte sie und zeigte auf die Kinder.

»Ich glaube nicht, sofern du nicht willst, dass er ein kleines Orchester zusammenstellt«, erwiderte Paige mit hochgezogenen Brauen. »Da fällt mir ein, er hat angeboten, es zu dirigieren. Wer ist dieses Kind?«, fragte sie und zeigte auf einen Jungen, der allein in einer Ecke saß.

»Mark. Er taucht Tag für Tag hier auf«, sagte Piper mit einem Seufzen. »Er hat nicht viel für Musik übrig.«

»Phoebe ist schon eine Weile weg«, stellte Paige fest.

»Ja, ich hoffe, sie hat mehr Glück als ich«, sagte Piper.

»Das hoffe ich auch, um unser aller willen«, murmelte Paige.

Phoebe saß im Restaurant des *Seal Rock Inn* und wartete auf Rudolph Trent. Er hatte sich einverstanden erklärt, sie hier zu treffen. Das Restaurant gehörte zu dem kleinen Hotel und war bekannt für sein gutes Essen, aber Phoebe war nicht gekommen, um ihren Hunger zu stillen.

Sie schlürfte ihren Kaffee und wartete. Sie hatte einen

Platz gegenüber der Tür gewählt, sodass sie jeden sehen konnte, der kam oder ging. Nach etwa zehn Minuten betrat ein hoch gewachsener Mann mit grauen Haaren das Restaurant. Ihre Blicke trafen sich sofort, und er kam direkt auf sie zu.

»Phoebe Halliwell?«

Sie nickte. Er streckte seine Hand aus. »Ich bin Rudolph Trent.«

»Ich freue mich, Sie kennen zu lernen, Mr Trent«, sagte sie und schüttelte seine Hand. Sein Griff war fest und warm, und sie mochte ihn auf der Stelle.

»Nennen Sie mich Rudolph. Darf ich mich setzen?«

»Natürlich, Rudolph.«

Er nahm ihr gegenüber Platz. Die Kellnerin kam.

»Kaffee, schwarz«, sagte Rudolph.

Sein Kaffee wurde Sekunden später serviert. Phoebe und Rudolph nippten an ihren Tassen und musterten sich gegenseitig. Phoebe war die Erste, die das Wort ergriff. »Mr Trent, ich hörte, dass Sie sich für einen Dirigentenposten bewerben?«

Er beugte sich vor. Sein Gesicht leuchtete auf. »Ja, so ist es. Als Dirigent für das neue Kinderorchester, das demnächst zusammengestellt wird. Es gibt im Moment schon mehrere Projekte, darunter ein Orchester für ältere Kinder, aber dieses würde Kinder mit musikalischem Talent schon in ganz jungen Jahren fördern.«

»Es klingt so, als wären Sie mit dem Herzen bei der Sache«, bemerkte Phoebe.

»In der Tat«, bestätigte er. »Ich bin ausgebildeter Lehrer. Ich liebe Kinder und wollte ursprünglich unterrichten. Dann kam meine musikalische Karriere in Schwung und nahm all meine Zeit in Anspruch. So sehr ich die Musik auch liebe, ich habe immer die Tatsache bedauert, dass ich nicht unterrichten kann. Dieses neue Projekt würde mir die Gelegenheit geben, meine Liebe zur Musik mit den Kindern zu teilen. Ich kann mir nichts Besseres vorstellen.«

»Wow«, machte Phoebe. »Es scheint Ihnen wirklich viel zu bedeuten.«

»Es bedeutet mir alles. Ich würde alles geben, um dieses Projekt zu einem Erfolg zu machen.«

»Auch die Konkurrenten ermorden?«, fragte Phoebe spitz.

Das Lächeln verschwand aus seinem Gesicht. »Nein, natürlich nicht.«

»Aber Sie sagten, Sie würden alles tun, um das Projekt zu einem Erfolg zu machen.«

»Das würde ich, und wenn das bedeutet, zur Seite zu treten, damit ein besserer Dirigent sie unterrichten kann, würde ich auch das tun. Und wenn Sie mich hierher bestellt haben, um mich des Mordes zu beschuldigen, dann fürchte ich, dass wir miteinander fertig sind.« Rudolph Trent stand auf. In seinen Augen blitzte Zorn.

»Warten Sie«, sagte Phoebe und griff impulsiv nach seiner Hand. »Bleiben Sie. Ich muss mit Ihnen reden.«

Er setzte sich langsam, sichtlich neugierig, aber noch immer misstrauisch.

»Ich glaube gar nicht, dass Sie diese beiden Musiker getötet haben, aber ich denke, Sie können mir helfen herauszufinden, wer es getan hat. Sie müssen mir nur einige Fragen beantworten.«

»Wenn ich helfen kann, werde ich es tun.«

»Danke«, sagte Phoebe.

Die Kellnerin kam, um ihre Kaffeetassen aufzufüllen. Sobald sie weg war, fragte Phoebe: »Kannten Sie einen der Männer?«

Er nickte bedächtig. »Ich kannte Peter, den Cellisten. Wir haben mehrere Male in einem Quartett zusammengespielt. Er war ein netter Kerl und ein wundervoller Musiker.«

»Kannten Sie auch den Violinisten?«

Rudolph schüttelte den Kopf. »Nein, nicht wirklich.«

»Denken Sie, dass die beiden einander kannten?«

Er nickte. »Wahrscheinlich. Ich habe mitbekommen, wie sie an dem Tag miteinander gesprochen haben, an dem Peter dann später getötet wurde.«

»Worüber?«

»Ich weiß es nicht. Aber sie haben zusammen Ihre Kolumne gelesen.«

»Meine Kolumne?«, fragte Phoebe verblüfft.

Er nickte. »Deshalb hab ich mich auch bereit erklärt, mich mit Ihnen zu treffen. Mir ist nicht entgangen, dass nur vier von uns sich für den Dirigentenposten beworben haben und zwei davon jetzt tot sind.«

Phoebe senkte den Blick und starrte in ihre Kaffeetasse. »Es tut mir Leid«, sagte sie. »Ich weiß, dass das alles nicht leicht für Sie sein muss.«

»Das ist es auch nicht«, erwiderte er und holte tief Luft. »Ich frage mich, ob ich vielleicht der Nächste bin.«

Phoebe trank einen Schluck von ihrem Kaffee. »Wissen Sie irgendetwas über Dale Allen?«

»Den vierten Kandidaten? Ich weiß, dass er brillant ist, sehr begabt. Er ist schon auf der ganzen Welt aufgetreten. Aber das können Sie alles seiner Biografie entnehmen. Ich kenne ihn eigentlich nur vom Sehen. Er kommt zu den Proben, erscheint zu den Konzerten, spielt und verschwindet wieder.«

»Gibt es irgendjemanden, der ihn vielleicht etwas besser kennt?«

»Ich habe nie gesehen, wie er mit irgendjemandem aus dem Orchester gesprochen hat, obwohl das natürlich nicht bedeutet, dass er es nicht getan hat«, erklärte Rudolph.

»Ich verstehe«, sagte Phoebe. »Hat es irgendwelche seltsamen Zwischenfälle gegeben, an die Sie sich erinnern?«

»Kurz vor seinem Tod hat Peter etwas Irritierendes zu mir gesagt.«

Phoebe beugte sich nach vorn. »Was war das?«

»Als ich eines Abends, vor knapp einer Woche, zu den Proben kam, rannte Peter aus dem Gebäude. Er hat mich dermaßen angerempelt, dass ich fast meinen Instrumentenkoffer fallen gelassen hätte. Ich hab ihn gefragt, was los ist, aber er drückte sich sehr undeutlich aus. Er sagte ›Ich kann nicht fassen, dass er hier ist, nicht schon wieder. Diesmal muss ich Beweise sammeln, um ihn zu stoppen.‹ Dann ist er davongestürzt, und es ergab sich keine Gelegenheit mehr, noch einmal mit ihm zu sprechen, bevor er starb.«

Ein Schauder lief Phoebe über den Rücken. »Was hat er wohl damit gemeint?«

»Ich habe keine Ahnung. Ich habe ihn nicht wieder gesehen.«

9

»ICH WERDE MIT PAIGE LOSGEHEN und diesen Musiker unter die Lupe nehmen«, sagte Phoebe am Telefon zu Piper.

Im Hintergrund konnte Phoebe die Band hören, die im *P3* probte. »Okay«, erwiderte Piper. »Ich bin hier im Club, um alles vorzubereiten, aber ich sollte in Kürze zu Hause sein. Sei vorsichtig.«

»Das werde ich«, versprach Phoebe. »Sind irgendwelche von deinen Groupies bei dir?«

»Nein, Gott sei Dank. Und der Plan ist, so schnell wie möglich von hier zu verschwinden, damit sie mich nicht aufspüren können.«

»Gute Idee. Wünsch mir Glück.«

»Viel Glück. Wir reden heute Abend weiter. Ich liebe dich.«

»Ich liebe dich auch«, sagte Phoebe und legte auf.

Sie warf einen letzten Blick in den Spiegel. Sie trug ein schlichtes, unauffälliges schwarzes Kleid. Es war elegant genug, sodass sie nicht auffallen würde, aber sie wusste, dass sie darin trotzdem kämpfen und sogar Tritte austeilen konnte. Nur für den Notfall hatte sie ihre schwarzen Halbschuhe angezogen. Das sah zu dem Kleid nicht besonders toll aus, doch mit etwas Glück würde niemand auf ihre Füße achten.

Großartig, Phoebe, du machst dir Sorgen, wie du aussiehst. Denk an das, was du vorhast. Konzentriere dich, mahnte sie sich.

Sie steckte ihren Lippenstift ein und ging nach unten.

Nach dem Telefonat mit Phoebe sah Piper, wie Mike, ihr riesiger, muskelbepackter Türsteher, der jeden, sogar Hexer, einschüchtern konnte, mit einem grimmigen Gesichtsausdruck auf sie zukam.

Sie zuckte zusammen und dachte kurz daran, sich zu verstecken. Doch ein Blick auf sein entschlossen nach vorn gerecktes Kinn überzeugte sie davon, es nicht zu tun. *Wenn ich weggehe, wird er nur hinter mir herkommen. Mist.*

»Mike, kann ich Ihnen helfen?«, fragte Piper. Sie zwang sich zu einem Lächeln.

»Piper, ich wollte Ihnen nur sagen, dass ein paar kleine Kinder vor der Tür gestanden und nach Ihnen gefragt haben.«

»Jesses. Wie viele?«

»Ich weiß es nicht. Zehn?«

»Was haben Sie getan?«, fragte sie und spähte an ihm vorbei, um sich zu vergewissern, dass die Minderjährigen nicht in den Club eingedrungen waren.

»Ich habe ihnen gesagt, sie sollen nach Hause gehen. Kinder haben hier keinen Zutritt.«

»Und das hat funktioniert?«, fragte Piper verblüfft.

»Ja, Ma'am. Ich wollte Sie nur darüber informieren.«

»Was ist Ihr Geheimnis?«

»Ich habe sie nur angesehen«, erklärte er.

Piper musterte ihn und legte den Kopf zur Seite. »Wie haben Sie sie angesehen?«

Er trat näher, sodass er sie überragte. Dann senkte er ganz langsam den Kopf und verengte die Augen. Sein Mund war ein harter, zornig wirkender Strich.

Piper wich unwillkürlich einen Schritt zurück. »Sehr wirkungsvoll«, sagte sie.

»Ja, Ma'am«, antwortete er und trat zurück.

»Gut, super. Gehen Sie und sorgen Sie dafür, dass die kleinen Biester nicht noch einmal versuchen, hier hereinzukommen.«

Er nickte und wandte sich ab. Piper sah ihm nach und dachte: Ich bin so froh, dass ich ihn eingestellt habe. Und ich bin so froh, dass er mich nicht gefragt hat, warum an der Tür eines Nachtclubs eine Horde Blagen auftaucht und nach der Besitzerin fragt.

Sie schüttelte den Kopf und beugte sich wieder über ihre Unterlagen. Sie griff nach dem Telefon, um ein paar Kartons Margarita-Mix nachzubestellen. Die Band, die im Hintergrund probte, klang gut. In zwanzig Minuten war Einlass, und da die Kinder aus dem Weg geräumt waren, versprach es ein guter Abend zu werden.

»Ich dachte mir, ich sollte mal vorbeischauen und sehen, wie es Ihnen geht, Dr. Johnson«, sagte Leo, als Sandra mit einem Stethoskop um den Hals zu ihm trat.

»Danke. Es war wirklich ein langer Tag.«

Plötzlicher Lärm an Ende des Korridors erregte ihre Aufmerksamkeit. Zwei Sanitäter stürzten mit einem Kind auf einer Trage herein. »Wir brauchen Hilfe!«

Sandra lief zu ihnen. »Was haben wir?«, fragte sie.

»Brustwunde. Der Junge lebt, ist aber dem Tode nah«, informierte einer der Sanitäter sie im gehetzten Tonfall.

»Was ist passiert?«

»Ich weiß es nicht. Es war keine Waffe in der Nähe. Die Mutter hörte ihn schreien und als sie ihn fand, war er bewusstlos auf dem Boden zusammengebrochen.«

»Ich übernehme«, erklärte Sandra.

Die beiden Sanitäter nickten und eilten davon. Ihre Nachtschicht war noch längst nicht zu Ende.

Leo blickte nach unten und fröstelte, als er bemerkte, dass das Kind zu jenen gehörte, die er im Manor getroffen hatte. Die Wunde sah aus, als hätte jemand seine Faust in die schmale Brust des kleinen Jungen gerammt.

»Wir müssen ihn sofort in den OP bringen!«, rief Sandra.

Leo streckte den Arm aus und ergriff ihre Hand. »Sandra, ich kann diesem Jungen helfen, aber Sie müssen mir vertrauen.«

»Was ... wovon reden Sie?«

Er beugte sich näher und flüsterte, sodass nur sie ihn hören konnte. »Ich weiß, was Sie sind, Sandra. Deshalb weiß ich, dass Sie mich verstehen werden, wenn ich Ihnen sage, dass ich ihn ohne Operation heilen kann.«

Sandra riss die Augen weit auf, trat einen Schritt zurück und schlug die Hand vor den Mund. Sie nickte, und Leo hob den Jungen hoch und trug ihn in ein leeres Zimmer.

Mit dem verletzten Kind materialisierte er im Manor, wo er den Jungen auf die Wohnzimmercouch legte. Als er mit den Händen über die Brust des Jungen strich, dachte er: Er ist von einem Dämon angegriffen worden. Er konzentrierte sich und spürte, wie die heilende Kraft durch ihn und in den Jungen strömte.

Langsam verheilte die Wunde. Als er fertig war, hustete der Junge und setzte sich auf. »Was ist passiert?«

»Dir geht es wieder gut«, sagte Leo sanft. »Weißt du, wo du bist?«

Der Junge sah sich um. »In Pipers Haus.«

»Richtig.«

»Wo ist Piper?«

»Sie wird bald hier sein. Ich muss jetzt gehen … nach oben, aber nur ein paar Minuten. Kannst du hier ganz still sitzen bleiben und auf mich warten?«

Der Junge nickte ernst.

»Brav«, lobte Leo.

Er stand auf, rannte die Treppe hinauf und blieb stehen, als er aus dem Sichtfeld des Jungen verschwunden war. Er schloss die Augen und lauschte den Stimmen, die zu Tausenden weinten und um seine Hilfe baten. Wie immer schmerzte es, sie auszusperren. Aber an diesem Abend horchte Leo nach etwas Bestimmtem, und als er es hörte, teleportierte er.

Leo materialisierte in einem Apartment und hörte eine Frau – die Babysitterin, wie er vermutete – schnarchen. Er sah sich eilig um, bis er den kleinen, verkrümmten Körper eines kleinen Mädchens in einer Ecke auf dem Boden liegen sah. Er eilte zu ihr und legte seine Hände auf die Wunde in ihrer Brust.

Das kleine Mädchen blickte mit furchtsamen Augen zu ihm auf. Ihr Atem rasselte. »Komm schon, komm schon«, flüsterte Leo, während er sich verzweifelt konzentrierte. Langsam verheilte die Wunde. Als sie sich ganz geschlossen hatte, nahm er das Mädchen in die Arme und orbte.

Im Manor setzte Leo das Mädchen neben den Jungen auf die Couch. Er war halb die Treppe hinauf, als er unter den Stimmen das hörte, wonach er suchte, und davonorbte.

Eine sehr nervöse Phoebe näherte sich dem Philharmoniegebäude und hatte Mühe, mit Paige Schritt zu halten, die trotz ihrer acht Zentimeter hohen Absätze rannte. Phoebe war nicht sicher, was sie erwartete, aber sie hatte den ganzen Tag ein beklommenes Gefühl gehabt. Irgendetwas geht hier vor, etwas, das nicht richtig ist, sagte sie sich.

Sie machte sich Sorgen um Paige. Ihre Schwester war von dem Musiker wie besessen, was völlig untypisch für sie war. Paige fühlt sich häufig zu irgendeinem Mann hingezogen, dachte sie, aber so hat sie sich noch nie verhalten. Das ist keine Liebe. Ich glaube auch nicht, dass es Lust ist. Diese ganze Geschichte ist äußerst merkwürdig. Es ist, als würde sie unter einer Art Zauber stehen.

Phoebe seufzte und sah Paige an. Das Gesicht ihrer Halbschwester glühte in einem inneren Licht, einer Erregung, die Phoebe sich nicht erklären konnte. Was auch immer vorgeht, sagte sie sich grimmig, ich muss es herausfinden.

»Wir sind da«, rief Paige atemlos.

Phoebe starrte sie an und wünschte, sie könnte die Gedanken ihrer Halbschwester lesen. Sie folgte Paige in das Gebäude, und sie trafen auf ein Gewimmel gut gekleideter Leute. Sie sah sich um. Die Elite von San Francisco war hier, zusammen mit einigen Touristen und ein paar von der anderen Seite der Bay, die ein besonderes Ereignis zu feiern schienen.

Ein solches gesellschaftliches Ereignis war natürlich an sich schon aufregend, aber das war es nicht allein. Es hing etwas in der Luft, das fast greifbar war. Phoebe versuchte zu erspüren, was es war, doch es entzog sich ihr. Frustriert folgte sie Paige zu ihren Plätzen.

Das sind keine billigen Plätze, bemerkte Phoebe, als sie sich umschaute. Ich frage mich, wie Paige es sich leisten kann, Abend für Abend hierher zu kommen und jedes Mal ein neues Kleid zu tragen. Naja, geht mich auch nichts an. Aber mich *geht* an, warum sie ständig hierher kommt.

Plötzlich merkte Phoebe, dass Paige mit ihr sprach. Sie schob ihre Gedanken beiseite und hörte: »... Dale ist auf der ganzen Welt aufgetreten. Du wirst ihn lieben.«

»Das werde ich bestimmt«, sagte Phoebe ohne echte Überzeugung.

Die Lichter flackerten, und auf dieses Signal hin nahmen alle Besucher eilig ihre Plätze ein. Phoebe beobachtete ihr Umfeld mit zusammengekniffenen Augen. Alle wirkten völlig normal, aber normal war ein relativer Begriff, vor allem in dieser Stadt. Zumindest konnte sie nichts Ungewöhnliches entdecken.

Ich weiß nicht einmal, wonach ich suche, dachte sie. Aber irgendetwas stimmt hier nicht.

Schließlich wurden die Lichter gedämpft. Phoebe lehnte sich auf ihrem Platz zurück, alle Sinne geschärft. Sie spürte Paiges starke Erregung wie Elektrizität, die in der Luft knisterte.

Die Musiker betraten die Bühne, und noch bevor sich Paige zu ihr lehnte, um ihr Dale zu zeigen, wurden Phoebes Blicke von ihm angezogen. Er hatte etwas Besonderes an sich. Sie musste ihn nicht spielen hören, um das zu wissen.

Die Musik setzte ein, aber Phoebe hörte kaum hin. Sie konzentrierte sich mehr auf ihre anderen Sinne und versuchte festzustellen, was an der ganzen Sache nicht stimmte. Sie beobachtete die Musiker, den Dirigenten, die Menge. Sie roch die Luft, die Parfüms der Frauen, die Rasierwasser der Männer, das Alter des Gebäudes. Sie spürte unter sich den Sitz, den Boden, auf dem ihre Füße standen, das Gewicht der Luft auf ihrer Haut.

Und dann, von einem Moment zum anderen, veränderte sich alles. Die anderen Sinneswahrnehmungen traten zurück, als sich ihr Gehör abrupt in den Vordergrund drängte. Nur ein Instrument spielte, und die Menge schien den Atem anzuhalten.

»Dale«, flüsterte Phoebe, während sie ihm beim Spielen zusah. Die Musik durchdrang sie, raubte ihr den Atem. All ihre Sinne waren plötzlich auf ihn konzentriert.

Die Musik schnitt tief in ihre Seele, bis sie vor Schmerz und Ekstase weinen wollte. Sie wusste nicht warum, doch sie wusste, dass sie diesen Moment nie vergessen würde. Die Melodie hatte etwas Abnormes an sich, und dennoch wünschte sie, nur noch diese Musik zu hören.

Als das Solo endete, sank sie auf ihren Sitz zurück, sich nicht bewusst, dass sie fast aufgestanden war, während er gespielt hatte. Ihr Herz hämmerte und sie schwitzte, als hätte sie gerade einen Marathonlauf hinter sich gebracht. Da war außerdem eine Leere in ihr, eine unerträgliche Einsamkeit, die, wie sie fürchtete, nur vom Klang seiner Flöte vertrieben werden konnte.

In der Pause blieb sie sitzen, noch immer wie verzaubert, während Paige von Dale schwärmte. Phoebe drehte sich zu ihrer Schwester um und sah ein fiebriges Feuer in Paiges Augen, das, davon war sie überzeugt, auch in ihren brannte. In diesem Moment begriff sie. Paige stand unter einem Zauber – und sie jetzt auch. Sie wusste nicht, ob es einen Weg gab, ihn aufzuheben. Das Schlimmste war, dass sie nicht sicher war, ob sie sich überhaupt von ihm befreien wollte.

Bevor sie etwas sagen konnte, begann die zweite Hälfte des Konzerts. Sie wartete mit angehaltenem Atem auf Dales zweites Solo. Als er ansetzte, zu spielen, keuchte sie auf und griff nach Paiges Arm. Paige hielt die Nachricht in der

Hand, die Dale ihr vor ein paar Abenden in der Philharmonie hatte bringen lassen, und als Phoebes Hand den Zettel berührte, gellte ein Schrei durch ihren Kopf, und ihr Körper verkrampfte sich unter dem Schmerz einer Vision, die stärker und niederschmetternder war als alles, das sie je zuvor gespürt hatte.

Sie sah Kinder, Hunderte von Kindern. Einige lagen tot da, die Körper schlaff und leblos. Andere starben und wurden von ihren Seelen verlassen. Noch mehr standen weinend und verängstigt da und beobachteten das Grauen. Und es dämmerte ihr, dass sie nicht nur die Zukunft sah, sondern auch die Vergangenheit und die *Gegenwart*.

Sie keuchte und starrte Dale an. Er sah sie direkt an, mit zusammengekniffenen Augen. Er weiß, dass ich es weiß!, durchfuhr es sie. Er hat sie getötet und wird sie auch weiter töten. Wir müssen ihn aufhalten!

Und dann hörte sie etwas, eine Stimme, die in den Noten sprach, die die Flöte spielte. Sie sah sich um und begriff, dass niemand sonst sie hören konnte – sie waren alle zu verzaubert. Sie drehte sich wieder der Bühne zu und hörte die Worte so deutlich, als würde die Flöte sprechen. Ihre bebende Stimme flüsterte: »Ich bin der Tod, und ich werde dich als Nächstes holen, denn jetzt weißt du Bescheid.«

Phoebe sprang auf, die Hand noch immer um den Arm ihrer Halbschwester gelegt, zerrte sie den Gang hinauf und aus dem Saal.

Paige wehrte sich, aber Phoebes Kraft kam tief aus ihrem Innern, und Paige konnte sich ihr nicht widersetzen. Sobald sie im Foyer waren, führte Phoebe sie in eine dunkle Ecke. Paige riss ihren Arm los.

»Was hat das zu bedeuten?«, fragte sie zornig.

»Ich bring uns hier raus.« Phoebe senkte ihre Stimme zu einem Flüstern. »Paige, er ist ein Dämon.«

Paige stand da, noch immer zornig, mit ungläubigem Gesicht, und Phoebe merkte, dass sie noch immer Dales Flöte hören konnten.

»Hör zu, Paige. Achte nicht nur auf die Musik, sondern auf die Worte in den Noten. Konzentrier dich«, drängte Phoebe.

Paige legte den Kopf zur Seite und schloss die Augen. Ein entsetzter Ausdruck huschte über ihr Gesicht, und Phoebe wusste, dass sie die Worte gehört hatte. Dales Lied war von großer Schönheit – und durch und durch böse. Es heißt, dass der Todesengel unglaublich schön ist, dachte sie. Vielleicht ist es seine Musik auch.

»Wir müssen von hier verschwinden«, keuchte Phoebe. »Wir müssen zurück ins Manor.«

»Wird erledigt«, sagte Paige.

Sie orbten in einem Schimmer aus Licht ...

... und materialisierten im Chaos.

Überall waren Kinder, schreiend und blutüberströmt. Phoebe zitterte vor Entsetzen.

»Piper!«, rief Paige, aber sie erhielt keine Antwort.

Phoebe drehte langsam den Kopf und versuchte alles in sich aufzunehmen. Erst jetzt entdeckte sie Leo. Er saß auf dem Boden, hielt ein Kind in den Armen und weinte.

»Leo, was ist los, was ist passiert?«, fragte Phoebe und kniete neben ihm nieder.

Er blickte auf, und sie zuckte zusammen. Tränen aus Blut rannen über seine Wangen. »Ich konnte ihn nicht retten«, flüsterte er.

Phoebe brach das Herz.

»Ich habe die anderen gerettet, aber ihn konnte ich nicht retten.« Er sah wieder auf den Leichnam des Jungen hinunter, während Phoebe nach tröstenden Worten suchte. »Wie kann ich mein eigenes Kind beschützen, wenn ich diese hier nicht beschützen kann?«, fragte er.

Phoebe streckte die Hand aus und berührte seine Schulter. »Leo, es ist gut. Du kannst nicht jeden retten. Hin und wieder verlieren wir einen Unschuldigen. Du hast selbst erlebt, wie es mir passiert ist. Du musst ihn gehen lassen. Und wenn die Zeit kommt, wirst du dein Kind beschützen können, davon bin ich überzeugt.«

»Ich nicht«, sagte er.

»Wir schon. Und du wirst nicht allein sein«, warf Paige ein. Sie kniete neben ihrem Schwager nieder. »Aber jetzt, Leo, musst du loslassen und uns helfen. Du kannst dieses Kind nicht retten, doch es gibt andere, die unsere Hilfe brauchen.«

Das schien ihn zu erreichen. Er legte das Kind sanft auf den Boden und stand auf. Sein Hemd war blutverschmiert und sein Gesicht düster.

»Also, was ist hier passiert?«, fragte Phoebe.

Leo sah die Kinder an. »Sie lagen im Sterben. Ich habe sie geheilt und hierher in Sicherheit gebracht.«

»Woran sind sie gestorben?«, hakte Paige mit ruhiger Stimme nach.

»Irgendjemand hat bei dem Versuch, ihnen ihre Lebenskraft zu rauben, Löcher in ihre Brust gebohrt.«

»Nicht irgendjemand«, berichtigte Phoebe. »Es war Dale. Er hat das getan.«

»Dale? Aber wie?«

»Ich weiß es nicht«, gab Phoebe zu. »Aber ich weiß, dass

er es war. Ich hatte während des Konzerts eine Vision. Außerdem war da etwas in seiner Musik, das zu mir gesprochen hat.«

»Wie ich hörte, hat er diese Wirkung«, sagte Leo grimmig.

»Nein, ich meine, die Musik hat wirklich zu mir gesprochen – mit Worten. Er ist durch und durch böse, und er steckt hinter dieser ganzen Sache.«

»Ich werde Piper holen«, erklärte Leo. »Danach bringe ich dieses Kind ins Krankenhaus.«

»Nein, ich werde gehen«, sagte Paige mit schmerzverzerrtem Gesicht. Sie orbte ohne weitere Diskussion davon.

»Sie kommt damit nicht zurecht. Sie stand unter seinem Zauber, und jetzt fühlt sie sich schuldig«, vermutete Phoebe.

»Nun, das wäre nicht das erste Mal«, meinte Leo.

Phoebe lachte humorlos. »Wahre Worte.« Sie starrte die hysterischen Kinder an. »Was machen wir jetzt mit ihnen?«

Paige materialisierte in einen Lagerraum im *P3*. Sie weinte und konnte nicht damit aufhören. Wie konnte ich nur so blind sein? Warum habe ich nicht erkannt, dass er böse ist?, fragte sie sich. Ihre Knie gaben nach, und sie brach auf dem Boden zusammen, von Entsetzen und Schuld überwältigt. Kinder sterben, und ich bin dafür verantwortlich!

Sie wusste, dass sie aufstehen und Piper suchen musste. Zeit verstrich, doch sie konnte sich nicht bewegen. Sie konnte nur dasitzen und schluchzen.

»Paige«, hörte sie schließlich eine Stimme, »was machst du hier?«

Sie blickte auf und sah Piper vor sich stehen.

»Oh, Piper! Ich habe einen schrecklichen Schlamassel angerichtet!«

Piper kniete neben ihr nieder. »Was ist los?«

»Wir müssen zurück ins Manor«, war alles, was Paige hervorbrachte. Sie ergriff Pipers Hand, um sie beide nach Hause zu orben.

Nichts geschah.

Konzentrier dich, Paige, mahnte sie sich. Du musst dich einfach entspannen und konzentrieren.

Die Luft um sie herum schimmerte leicht.

»Paige, was ist los?«, fragte Piper erneut mit gepresster Stimme.

»Es ist schrecklich.«

Paige schloss die Augen und dachte an ihr Zuhause. Leichter Schwindel erfasste sie, dann hörte sie das Weinen von Kindern. Sie öffnete die Augen. Geschafft!

Sie brach auf dem Boden zusammen.

Piper sah sich verwirrt um. »Was in aller Welt geht hier vor?«

Phoebe saß auf der Couch und starrte sie an. Sie zuckte die Schultern, öffnete den Mund und schloss ihn dann wieder, als ein Schwarm von Kindern sich auf Piper stürzte.

»Piper, Piper«, schluchzten die Kinder, und viele Arme griffen nach Pipers Beinen.

»Wow! Nur die Ruhe! Warum sind alle diese Kinder schon wieder hier und warum sind sie alle blutverschmiert? Warum weint Leo? Warum ist Paige auf dem Boden zusammengebrochen?«

Niemand antwortete ihr. Sie drehte sich mit noch viel mehr unausgesprochenen Fragen zu Phoebe um.

»Ich bin nicht sicher, ob ich es erklären kann, aber ich werde es versuchen«, sagte Phoebe und atmete tief durch. »Wir waren in dem Konzert und ich hatte eine Vision. Ich sah Kinder sterben, und Dale hatte etwas damit zu tun. Es war, als würde ich ihn so sehen, wie er wirklich ist. Paige auch. Leo ist herumgeorbt und hat Kinder geheilt, denen die Lebenskraft ausgesaugt wurde. Alle Kinder hatten musikalisches Talent, und einige von ihnen hatten wir ja vorher schon recht gut kennen gelernt.«

Piper sah sich entsetzt um. »Und was genau will dieser Dale?«, fragte sie.

»Vielleicht kann ich das beantworten«, sagte eine tiefe Stimme hinter ihr.

10

PIPER FUHR HERUM und sah Dale Allen im Flur stehen. Sie riss die Hände hoch, um ihn einzufrieren, aber bevor das gelang, verschwand er.

»Wo ist er hin?«, schrie sie.

»Pst, hörst du das?«, sagte Paige. Sie blickte an Piper vorbei zur Tür.

Eine süße Melodie erklang aus der Küche. Alle verstummten und lauschten.

»Nein!«, rief Phoebe und sprang auf. »Hört bloß nicht hin!« Sie rannte ins andere Zimmer.

»Warum sollen wir nicht zuhören?«, fragte Piper. Dann wurde sie von der Musik gepackt, eine beruhigende Kraft in dem Chaos, das sie seit Tagen verfolgte. Die Melodie war überwältigend und trieb ihr Tränen in die Augen.

Phoebe! Phoebe will der Musik ein Ende machen!, dachte Piper. Sie trat einen Schritt vor, um Phoebe zu folgen, blieb aber wieder stehen, von dem hypnotischen Refrain verzaubert. Sie schloss die Augen und wiegte sich sacht hin und her.

»Flöte!«, rief Paige hinter ihr.

Die Musik brach plötzlich ab, und Piper schrie auf und öffnete die Augen. Sie wirbelte gerade rechtzeitig herum, um zu sehen, wie Paige mit Dales Flöte in der Hand fortorbte. »Nein!«, rief Piper. Sie drehte sich zu Dale um, verloren und verwirrt.

»Das ist mein Stichwort«, sagte er mit einem knappen Nicken, bevor auch er verschwand.

»Er ist weg«, schluchzte Piper und barg ihr Gesicht in den Händen.

In die Stille hinein sagte eine helle, weinerliche Stimme: »Ich will nach Hause.«

»Tja, das war eine ziemliche Pleite«, bemerkte Phoebe trocken.

»Ich bin nicht sicher, was gerade passiert ist«, sagte Piper und setzte sich auf die Couch.

»Warum steh ich bloß immer auf Dämonen?«, klagte Paige.

»Das ist der Halliwell-Fluch«, erklärte Piper.

»Oder es könnte sein, dass das Böse sehr attraktiv ist, besonders wenn es das sein will«, warf Phoebe ein.

»Trotzdem, Dale Allen, Allen O'Dale, wie konnte ich nur so dumm sein?«, fragte Paige düster.

»Ich versteh dich nicht«, sagte Phoebe.

»Allen O'Dale ist der Name eines Bänkelsängers, eines mittelalterlichen Musikers.«

»Oh. Woher weißt du das?«, fragte Phoebe stirnrunzelnd.

»Jeder weiß das«, sagte Paige und warf die Hände hoch. Als sie die verständnislosen Gesichter ihrer Halbschwestern sah, fügte sie hinzu: »Okay, vielleicht nicht jeder. Ich war als Kind ein großer Märchenfan.«

Piper räusperte sich. »Ich verstehe noch immer nicht, was er mit mir gemacht hat.«

»Die Musik – er hat dich damit verzaubert«, sagte Paige.

»Hu. Was hast du mit der Flöte gemacht?«, fragte Piper.

»Ich habe sie in einen Vulkan geworfen«, antwortete Paige.

»Schade. Das war eine tolle Flöte«, scherzte Piper.

Phoebe schlug Piper auf den Arm.

»Au! Tut mir Leid.«

Leo materialisierte mit besorgtem Gesicht. »Wie geht es den Kindern?«, fragte er und sah sich um.

»Sie schlafen«, erwiderte Phoebe. »Ihre Eltern werden uns nicht verzeihen, dass wir sie über Nacht hier behalten.«

»Wir haben keine Wahl. Dies ist der einzige Ort, wo sie halbwegs sicher sind.«

»Nun, hast du etwas herausgefunden?«, fragte Piper scharf.

»Um genau zu sein, ja«, bestätigte er.

»Heraus damit. Mit wem haben wir es hier zu tun?«

»Ihr kennt die Geschichte vom Rattenfänger?«, fragte Leo.

»Ist das nicht der Kerl, der Flöte spielte und alle Kinder in der Stadt dazu brachte, ihm zu folgen?«, warf Phoebe ein.

»Ja, und sie verschwanden durch eine Art Loch oder Wirbel und wurden nie mehr gesehen«, fügte Paige hinzu.

»Alle bis auf einen Jungen, der zurückblieb«, sagte Leo.

»Weil er einen verkrüppelten Fuß hatte«, sagte Piper bedächtig, mit geistesabwesender Stimme.

»Du kennst die Geschichte?«

»Nein, sagen wir einfach, es ist eine begründete Annahme.«

»Was? Was ist los?«, fragte Leo.

»Er hat mir einen Besuch abgestattet.«

»Der Rattenfänger?«, fragte Paige.

»Nein, der Junge mit dem verkrüppelten Fuß. Mittlerweile ist er ein Mann.«

»Das würde bedeuten, dass er ein paar hundert Jahre alt ist«, meinte Leo.

»Weißt du, ich hatte befürchtet, dass du so etwas sagen würdest«, seufzte Piper.

Leo brauchte nicht lange, um den alten Mann zu finden. Er stand direkt vor der Tür des Manors und sah aus, als hätte er darauf gewartet, dass jemand die Tür öffnete und ihn hereinbat.

Leo trat zur Seite, um den Mann hereinzulassen, und Piper baute sich vor ihm auf.

»Wer sind Sie?«, fragte sie.

»Ich bin der Letzte, aber das wissen Sie bereits.«

»Der Letzte? Der Letzte von was? Was meinen Sie damit?«, hakte Piper hitzig nach. »Ich weiß, dass Sie mir das angetan haben – was immer es auch ist. Warum?«

»So viele Fragen«, sagte er mit einem Lächeln. »Ich werde in der Zeit, die uns bleibt, so viele wie möglich beantworten.«

»Toll, das klingt nett und unheilvoll«, warf Paige ein.

»Sie haben Ihre Zuneigung dem Falschen geschenkt«, sagte der alte Mann zu Paige.

»Sie meinen Dale? Ja, danke. Das habe ich bereits begriffen.«

»Hören Sie, wie immer Sie auch heißen, wir brauchen Antworten«, drängte Phoebe.

»Ich bin der mit dem verkrüppelten Fuß, das Kind, das zurückblieb, vergessen und unbemerkt. Ich bin der Letzte meines Volkes, der Einzige, und wenn ich nicht mehr bin, wird auch mein Volk nicht mehr sein.«

»Okay, Sie sind also der Junge aus der Rattenfänger-Geschichte.«

Er nickte zustimmend.

»Das bedeutet, dass …«

»Ich *sehr* alt bin«, unterbrach er. »Ich habe es nur gewissen Zaubern zu verdanken, dass ich noch lebe. Seit damals habe ich den Rattenfänger gesucht, um ihn daran zu hindern, noch mehr Kinder zu entführen.«

»Was macht er mit ihnen?«, fragte Paige.

Der alte Mann seufzte schwer. »Ich denke, das haben Sie bereits gesehen.«

»Das haben wir«, bestätigte Leo grimmig.

»Ich habe Piper mit einem Zauber belegt, damit die Kinder zu ihr kamen, statt dem Rattenfänger zu folgen. Ich brauchte eine Hexe, sonst hätte der Zauber nicht gewirkt. Sie haben eine natürliche Aura aus Licht. Kinder können sie spüren und werden von ihr angezogen. Wenn der Rattenfänger in eine Stadt kommt, lockt seine Musik die Kinder an. In der alten Zeit, als die Dörfer klein waren, rief er alle Kinder zu sich. Jetzt ruft er nur jene mit musikalischem Talent.«

Der alte Mann verstummte und holte tief Luft. Er fuhr fort: »Der Rattenfänger braucht ihre Musik, ihre Inspiration und Kreativität zum Überleben. Er stiehlt sie ihnen und ernährt sich davon. Sein Talent wächst, während jene, die er bestiehlt, sterben, ohne ihr Potenzial zu entwickeln und die Welt damit zu bereichern.«

»Und Sie haben dafür gesorgt, dass sie nicht von ihm, sondern von mir angezogen wurden?«, fragte Piper entgeistert.

»Ja«, sagte der alte Mann. »Ich wusste, dass Sie sie beschützen können. Allerdings waren nicht alle Kinder in der Lage, zu Ihnen zu kommen. Manche Eltern passten zu gut auf, als dass sie hätten ausreißen können.«

»Und jene, die es hierher geschafft haben – wurden von mir wieder nach Hause gebracht«, rief Piper.

»Ist schon okay, Schatz, du konntest es nicht wissen«, sagte Leo und legte eine Hand auf ihre Schulter.

»Und dann habe ich Dale direkt zu ihnen geführt«, murmelte Paige bitter.

»Das konntest du auch nicht wissen«, sagte Phoebe.

»Wichtig ist nur, dass wir jetzt, da wir wissen, womit wir es zu tun haben, etwas dagegen unternehmen können«, erinnerte Leo sie.

»Wir müssen uns auf das Wesentliche konzentrieren«, fügte Phoebe hinzu.

»Das versuchen wir ja schon die ganze Zeit«, sagte Paige genervt.

»Okay, lasst uns nicht streiten«, mahnte Leo besänftigend.

»Ha! Du hast leicht reden«, erwiderte Piper.

Der alte Mann hob seine Hände. »Bitte, Sie müssen alle

zusammenarbeiten. Er musst gestoppt werden, bevor noch mehr Kinder verloren sind.«

»Er hat Recht«, sagte Paige mit geistesabwesender Stimme. Ein Lächeln huschte über ihr Gesicht. »Und ich weiß, mit welchem Elixier wir unser kleines Problem lösen können.«

»Dann lass es uns holen«, drängte Piper.

Auf der Fahrt ins Büro hörte Darryl seine Mailbox ab. Als er Pipers Stimme hörte, wollte er schon die Löschtaste drücken, ohne zu hören, was sie zu sagen hatte. Dann tat er es doch nicht. Als die Nachricht abgelaufen war, wendete er seinen Wagen und fuhr direkt zum Manor.

»Ich weiß, dass ich das bereuen werde«, murmelte er.

Der Verkehr war dicht, und er brauchte länger, als ihm gefiel. »Nun macht schon, nun macht schon«, rief er den Autos vor ihm zu und wünschte sich, er wäre eine Hexe und könnte sie magisch zur Seite schieben.

Schließlich hielt er vor dem Manor an und rannte mit gezogener Waffe hinein.

»Darryl, da bist du ja. Großartig«, sagte Piper.

»Wo ist er?«

»Nicht hier. Gott sei Dank, wir sind noch nicht bereit für ihn.«

»Nun, ist das nicht jammerschade?«, sagte ein Mann hinter ihm.

Als Darryl herumfuhr, wurde ihm die Waffe aus der Hand geschlagen. Sie flog durch die Luft und rutschte unter das Sofa. Ein weiterer Schlag schickte Darryl zu Boden, und ihm wurde schwarz vor Augen.

Als er erwachte, tobten kreischende Kinder auf ihm herum. »Was ist los?«, schrie er, als ein Kind eine Hand um seinen Gürtel legte. Die Kinder zerrten an ihm, aber sie waren über ihm, schwebten in der Luft. Es war, als würden sie von irgendetwas angezogen werden. Wie dieses Ding am Ende von *Poltergeist*, das alles im Zimmer angesaugt hat, die Kinder eingeschlossen, dachte er mit einem Frösteln. Mann, ich hasse diesen Film.

»Haltet euch fest, Kinder. Ich werde nicht loslassen«, sagte er und schob seine Hand unter die Couch, um sich festzuhalten.

11

PHOEBE UND DALE KÄMPFTEN sich bis ins Esszimmer vor, bis Dale einen harten Schlag landete und sie zurück ins Wohnzimmer flog.

Paige baute sich vor ihm auf, zitternd, aber entschlossen. »Es ist vorbei, Dale, gib auf.«

»Ich fürchte, das geht nicht.«

»Was willst du ohne deine Flöte machen?«, höhnte Paige.

Er lachte; es war ein tiefer, donnernder Laut. »Liebe Paige, du denkst doch nicht, dass ich nur dieses eine Instrument habe?«

Er zog aus seiner Tasche eine kleine Tonpfeife, und bevor sie etwas unternehmen konnte, hob er sie an seine Lippen.

»Pfeife!«, schrie sie und streckte die Hand aus.

Nichts geschah. »Pfeife!«, brüllte sie.

Er zog seine rechte Braue hoch, und sie wusste, dass er sie

anlächelte, obwohl das Instrument ihren Blick auf seine Lippen versperrte.

Die Pfeife ist immun gegen meine Magie, durchfuhr es sie.

Hilflos verfolgte sie, wie Dale spielte und auf der anderen Seite des Esszimmers ein Portal erschien. Es schimmerte in allen Farben des Regenbogens, und Musik drang heraus. Die Kinder kreischten, aber Paige hielt die Augen weiter auf Dale gerichtet.

Dale senkte seine Pfeife. »Das Portal zieht sie an und wird sie verschlingen. Du kannst mit uns kommen«, sagte er.

»Du wirst all diese Kinder ermorden«, rief sie anklagend.

»Genau genommen werde ich sie unsterblich machen. Ihre Musik – ihre Inspiration – wird ewig in mir weiterleben. Ich verleihe dieser Musik eine Stimme. Die meisten dieser Kinder werden nichts Größeres vollbringen als einen Beitrag auf einem Liederabend für eine Hand voll Eltern. Durch mich erlangen sie Größe.«

»Aber dafür müssen sie sterben!«, schrie Paige. Zorn und das bittere Gefühl von Verrat überwältigten sie. Sie konnte die Phiole mit dem Vernichtungselixier in ihrer Hand spüren, glatt und kalt. Es war Leidenschaft in diesem Elixier, das sie von Dales Musik inspiriert zusammengebraut hatte. Aber es war kein Leben in dem Elixier, nur Tod. Wenn sie es warf, würde sie Dale und seine Musik und alles töten, was sie ihr bedeutete.

Dales Augen bohrten sich in ihre. »Diese Kinder werden ohnehin erwachsen und sterben, ohne Ruhm, ohne ihr Potenzial zu entwickeln. Jetzt haben sie die Chance, ein Teil von etwas Größerem zu sein, Musik zu erschaffen, die sie überleben wird.«

»Das ist nicht richtig. Jeder verdient eine Chance, sein eigenes Potenzial zu entwickeln, seine eigene Unsterblichkeit zu finden«, sagte Paige.

»Manche ja, aber nur jene, die die Gabe, die ihnen geschenkt wurde, wirklich verstehen und die Weitsicht haben, sie auch zu nutzen. Unglücklicherweise gibt es sehr wenige Beethovens, aber Myriaden von Kirchenpianisten, denen der Mut fehlt, sich selbst herauszufordern.«

»Aber nicht du kannst das entscheiden, nicht du kannst wissen, wer ein großer Musiker würde und wer nicht«, konterte Paige.

»Ah, in diesem Punkt irrst du dich. Ich weiß es, ich kann es spüren. Im Moment befindet sich ein Junge in diesem Haus, der die Fähigkeit hat, einer der Größten zu werden, aber er liebt die Musik nicht und wird seine Gabe nicht benutzen.«

»Dann ist das sein Recht, seine Entscheidung, und du darfst sie ihm nicht nehmen.« Paige wusste tief drinnen, dass sie Recht hatte, aber Dales Macht über sie war immer noch stark und erforderte ihre ganze Konzentration.

»Meine liebe Paige, du kannst mich nicht aufhalten«, sagte er verächtlich.

»Vielleicht kann sie es nicht, aber zusammen können wir es«, rief Phoebe von der Tür.

Zitternd blinzelte Paige und riskierte einen Seitenblick. Sie sah Phoebe neben Piper stehen, mit Stahl in den Augen.

»Die *Zauberhaften.* Wisst ihr, ich kann mein Glück kaum fassen. Die Macht, die ich euch rauben kann, wird mich jahrhundertelang am Leben erhalten.«

»Aber wir sind völlig unmusikalisch«, sagte Piper.

»Ja, aber ihr habt magische Fähigkeiten, und das ist mehr als genug.«

Paige hielt das Elixier umklammert und versuchte sich zu überwinden, es zu werfen.

Piper hob die Hände, um Dale einzufrieren, aber ohne Erfolg. Phoebe stürzte sich auf ihn, doch er schleuderte sie wie eine Puppe zur Seite.

Meine Schwestern können mir nicht helfen, dachte Paige. Nur ich kann dies tun. Er kann mit Gewalt oder Magie nicht besiegt werden, sondern nur mit Inspiration. Inspiration ist das, was ich in der Hand halte, und sie kann ihn töten.

»Komm mit mir«, drängte Dale sie.

»Ich kann nicht«, flüsterte sie, von Kopf bis zu den Zehen zitternd.

»Du hörst die Musik; du verstehst sie.«

»Ja«, gab sie zu.

»Dann komm mit mir.«

Tränen füllten ihre Augen. »Nein, Dale. Ich werde mit dir nirgendwohin gehen.«

Paige war überrascht, dass sich Dales Miene vor Enttäuschung verdüsterte. »Nun gut, aber die Kinder *kommen* mit mir.« Er wandte sich dem Portal zu. »Ich meinte, was ich sagte, Paige«, fügte er hinzu, mit einem Fuß im Portal. »Ich will wirklich dein Freund sein.« Sein Gesicht war ernst, sein Blick lockend und sein Lächeln bezaubernd.

Paige schüttelte langsam den Kopf und befreite sich ein für alle Mal von seinem Einfluss. »Tut mir Leid, aber ich freunde mich nicht mit Dämonen an«, sagte sie. Sie holte tief Luft und warf die Phiole nach ihm.

Das Glas zersplitterte und die Flüssigkeit spritzte auf ihn. Seine Augen weiteten sich in plötzlichem Verstehen, und sein Blick traf auf Paiges. Sie konnte sehen, dass Dale wusste, dass er sterben würde, und sie wollte die Augen abwenden, konnte es aber nicht. Sein anklagender Blick lähmte sie.

Die Laute von tausenden Musikinstrumenten erfüllten die Luft. Paige hielt sich die Ohren zu, um die lärmende Sinfonie auszusperren, die, wie sie instinktiv wusste, aus all der Musik bestand, die Dale im Lauf der Jahrhunderte gestohlen hatte. All die Musik, die er anderen Menschen geraubt hat, dachte sie. Sie strömte aus ihm, ein letztes mitreißendes Opus, das schrecklicher und schöner war als alles, was er je zuvor gespielt hatte. Paige fiel vor ihm auf die Knie, und ihr brach das Herz. Schließlich steigerte sich die Musik zu einem mächtigen Crescendo, und Dale explodierte in einem Ball aus Licht, der so grell war, dass sie den Blick abwenden musste.

Im selben Moment brach die Musik ab, und neue Laute erregten Paiges Aufmerksamkeit. Jetzt, da die Musik verstummt war, konnte sie Darryl und die Kinder im Wohnzimmer schreien hören. Sie rannte dorthin und sah Darryl mitten im Wohnzimmer flach auf dem Rücken liegen, während sich die Kinder an ihn klammerten.

»Was zum …?«, begann sie verwirrt.

»Wir werden zu dem Portal gezogen!«, schrie Mark.

Paige sah genauer hin und erkannte, dass die Kinder, die an Darryls Armen, Beinen und sogar an seinem Gürtel hingen, Richtung Esszimmer gezogen wurden.

»Hilf uns! Bitte!«, brüllte Darryl.

»Hilf uns!«, flehte Paige den alten Mann an. Er lag auf dem Boden, wo Dale ihn bei seiner Ankunft niedergestreckt hatte. Mühsam setzte er sich auf. Sein Kopf blutete von Dales Schlag.

»Es tut mir schrecklich Leid«, sagte er, als er sich aufrappelte.

Er stolperte ins Esszimmer, blieb einen Moment stehen und starrte das Portal an. Er trat näher, und Paige fragte sich, ob er es schließen konnte.

»Mein ganzes Leben habe ich mich gefragt, was auf der anderen Seite ist. Ich muss es wissen«, flüsterte er. Er drehte den Kopf und schenkte ihr ein trauriges, freundliches Lächeln. »Vielleicht warten sie auf mich.«

Er zog eine Flöte aus seiner Tasche und warf sie ins Esszimmer. Dann trat er durch das Portal und verschwand.

»Nein!«, schrie Piper, aber es war zu spät.

Paige drehte sich und sah, wie die Flöte zu Darryl und den Kindern flog. Ich muss sie holen!, dachte sie verzweifelt.

Doch bevor sie sich in Bewegung setzen konnte, fing Mark die Flöte aus der Luft. Während seine Beine noch immer um Darryl geschlungen waren, hob er die Flöte an seine Lippen und begann zu spielen. Die Musik schien direkt zu dem Portal zu treiben. Das Portal pulsierte und nahm dann wieder seine alte Form an.

»Spiel weiter, Mark!«, rief Piper.

Ein Mädchen ließ Darryl los und wirbelte kreischend Richtung Portal. Phoebe packte sie, als sie vorbeiflog.

»Ich hab dich, halt dich einfach fest«, rief Phoebe.

Mark spielte weiter und schloss die Augen. Die Musik war von hypnotischer Schönheit. Paige starrte das Portal an, als wollte sie es mit der Kraft ihres Willens schließen, und sie hoffte verzweifelt, dass Mark es konnte.

Ein älterer Junge flog vorbei, und Paige riss ihn zu Boden. Sie wollte orben, schimmerte aber nur kurz auf, ohne sich vom Fleck zu rühren.

»Der Sog ist zu stark, als dass du ihn davon losreißen kannst«, rief Piper. »Gib ihm einfach Deckung.«

Paige nickte und schirmte das Kind, so gut es ging, mit ihrem Körper ab.

Es funktioniert!, dachte Piper.

Aber plötzlich brach die Musik ab. Piper fuhr wild zu Mark herum. »Spiel weiter!«, bat sie.

»Ich kann nicht!«, rief er.

Piper konnte die Furcht in seinem Gesicht sehen. Seine Beine umschlangen nicht länger Darryls Körper.

»Doch, du kannst, Mark. Ich glaube an dich. Sieh in dich hinein und nutze deine Leidenschaft. Was auch immer du liebst, was auch immer du sein willst, drück es aus. Die Flöte ist deine Stimme. Schleudere ihm deine Worte entgegen!«

Mark hob die Flöte wieder an seine Lippen und spielte weiter. Die Musik erfüllte das Zimmer. Darin liegt eine gewaltige Macht, durchfuhr es Piper verwundert. Und etwas …

Phoebes Schrei ließ Piper zu dem Portal herumfahren. Sie verfolgte, wie es langsam schrumpfte, obwohl es noch immer heftig an den Kindern zerrte. Sie drehte den Kopf, um Mark zu ermutigen, doch die Worte erstarben ihr auf den Lippen. Er schwebte in der Luft. Seine Augen waren weit aufgerissen, und ein Ausdruck wilder Entschlossenheit lag darin. In diesem Moment hörte sie die Worte in seiner Musik. *Schließ dich für immer und lass uns in Ruhe.*

Das Portal verschwand, und um sich herum hörte Piper die Kinder zu Boden poltern. Bis auf Mark, der einen Moment länger in der Luft schwebte und sanft auf den Füßen landete, als er die letzte Note spielte.

Er senkte die Flöte und sah Piper an. Sie fiel auf die Knie, und er rannte in ihre Arme und schmiegte sich fest an sie. »Mark, was willst du einmal werden?«, fragte Piper leise, während sie den Jungen umarmte.

Seine Stimme war kaum mehr als ein Flüstern, als er antwortete. »Eine Hexe.«

Mit Leos Hilfe brachte Darryl alle Kinder bis auf Mark zurück zu ihren Eltern. Die Schwestern saßen im Wohnzimmer um Mark herum und redeten leise mit ihm.

Als Leo zurückkehrte, bedeutete er Piper mit einem Nicken, dass alles in Ordnung war, und setzte sich dann zwischen Mark und Paige auf die Couch. »Alles okay, Großer?«, fragte er.

Mark nickte. »Ja. Ich hätte nie geglaubt, dass ich das kann.«

»Aber du hast es vermutet?«, fragte Piper.

»Nun, meine Mom ist eine Hexe.«

Es klingelte an der Tür. Leo stand auf, um zu öffnen, und kehrte einen Moment später mit einer Frau im Schlepptau zurück.

»Mark!« rief sie, sank auf die Knie und schlang ihre Arme um ihren Sohn.

»Wie hast du seine Mutter gefunden?«, fragte Piper.

»Weißt du noch, wie ich sagte, dass ich eine gute Entschuldigung habe, und du sie nicht hören wolltest?«, erwiderte Leo.

»Ja«, nickte Piper schuldbewusst.

»Ich habe über eine Hexe gewacht, die erst vor kurzem ihre Kräfte entdeckt hat«, erklärte Leo. »Das ist Sandra.«

»Du meinst …«

»Mir war nicht klar, dass Mark es wusste«, sagte Sandra. »Ich hatte gehofft, dass er seine eigenen Kräfte erst entdeckt, wenn er älter ist. Ich wollte, dass er ein normales Leben führt und Musiker oder so was in der Richtung wird.«

Phoebe erinnerte sich an den Brief, den sie in der Redaktion gelesen hatte, und trat plötzlich einen Schritt vor. »Sie sind nicht zufälligerweise die Mutter eines talentierten Sohnes?«

»Ja, ich bin diejenige, die Ihnen geschrieben hat«, gab Sandra verlegen zu.

»Dann habe ich eine Antwort für Sie«, sagte Phoebe. »Ich sehe, dass Sie sich sehr um Ihren Sohn sorgen. Lassen Sie Ihren Sohn tun, was er gern tut, nicht das, was er Ihrer Meinung nach gern tun sollte.«

»Das ist ein guter Rat«, nickte Sandra. Tränen glänzten in ihren Augen.

»Ich will Piper hin und wieder besuchen«, warf Mark ein.

»Wenn Piper damit einverstanden ist, bin ich auch damit einverstanden«, antwortete Sandra und drückte ihren Sohn an sich.

Piper lächelte. »Mir würde das gefallen.«

Sandra zerzauste die Haare ihres Sprösslings. »Komm, Mark. Lass uns nach Hause gehen. Du, Dad und ich haben einige Dinge zu besprechen.« Sie wandte sich an Piper und sagte: »Vielen Dank für alles.«

»Keine Ursache«, erwiderte Piper. »Und ich danke *dir*, Mark.«

Der kleine Junge lächelte nur.

©Disney
Entdecke, was in dir steckt!
W.i.t.c.h.
Will Irma Taranee Cornelia Hay Lin
... für dich und deine Freundinnen.
Das Mädchen-Magazin voller Magie und Zauber!
Jeden Monat NEU am Kiosk!

Neue Abenteuer mit den *Zauberhaften*!

Die Nacht des Schamanen
ISBN 3-8025-3317-8

Ungebetener Geist
ISBN 3-8025-3318-6

Pipers Story
ISBN 3-8025-3320-8

Hexenblut
ISBN 3-8025-3319-4

Egmont vgs verlagsgesellschaft, Köln
www.vgs.de

»Wow, du arbeitest schnell«, sagte Piper verdutzt.

Leo lachte. »Sieh mal, wer zurück ist!«, erwiderte er lächelnd.

»Oh, nein«, rief Piper, als sie Gracie erkannte. »Wo ist sie hergekommen?«

»Ihr Bruder muss irgendwo in der Nähe sein«, meinte Leo.

»Hallo!«, flötete eine helle Stimme, als der kleine Junge wie aufs Stichwort hinter Leo hervortrat.

Piper verdrehte die Augen. »Halt mir dieses Baby vom Leib.«

»Komm schon, Piper. Du willst eins haben, also musst du dich an ein paar kleine Unannehmlichkeiten gewöhnen.«

Das Baby drehte leicht den Kopf, und Leo schrie: »Sie hat mich gebissen! Nimm sie weg.«

»Was hältst du von diesen kleinen Unannehmlichkeiten, Leo? Fühlst du dich jetzt gut?«, fragte Piper. Sie lachte und umarmte Phoebe und Paige, die gerade die Treppe heruntergekommen waren. Die beiden lachten ebenfalls aus vollem Hals.

»Das ist nicht witzig«, rief Leo. »Ich brauche Hilfe.«

Während sie lachten, klammerten sich die Schwestern aneinander, um nicht hinzufallen.

Das wird spaßig werden, dachte Piper.

Als Sandra und Mark gegangen waren, wandte sich Piper an Leo.

»Leo, erinnerst du dich an diese Sache, über die ich nicht sprechen wollte?«, fragte sie.

»Ob wir Kinder haben sollen?«

»Ja, das.«

»Hör zu, Piper. Du hattest ein paar schlimme Tage. Ich verspreche dir, dass es nicht so werden wird. Erstens reden wir nicht von mehreren Kindern, wir reden über eins – höchstens zwei. Und wir wären diejenigen, die sie aufziehen. Ich weiß, dass du einige richtige Satansbraten gesehen hast, aber unser Kind wird nicht so sein.«

»Du willst wirklich welche haben, nicht wahr?«, fragte Piper.

»Ja«, bestätigte Leo mit leuchtenden Augen.

»Nun, das ist gut, denn mir geht es genauso. Die letzten Tage haben mir gezeigt, wie schlimm es sein kann, eine Mom zu sein. Aber es hat auch seine wirklich guten Seiten. Ich denke, ich bin bereit.«

»Bereit, darüber zu reden?«, fragte Leo.

Sie lächelte und beugte sich zu ihm. Sie legte ihre Arme um seinen Hals und schmiegte ihr Gesicht an seines. »Eher bereit, nicht länger nur darüber zu *reden*.« Sie küsste ihn lange und zärtlich.

Als sie sich von ihm löste, sah sie Tränen in seinen Augen schwimmen. »Du meinst …?«, fragte er mit unsicherer Stimme.

»Ja. Wollen wir versuchen, ein Baby zu machen?«

Es klingelte an der Tür, und als niemand öffnete, wandte sich Leo von Piper ab und ging zur Tür. Er kam einen Moment später mit einem Baby in den Armen zurück.

W.i.t.c.h.
vgs EGMONT
Überall im Buchhandel
oder unter www.vgs.de
Romane der zauberhaften W.I.T.C.H. Freundinnen!
Die zerbrochene Kugel I
Der steinerne Falke
Lene Kaaberbøl
ISBN: 3-8025-3287-2
Die zerbrochene Kugel II
Die Krallen des Adlers
Lene Kaaberbøl
ISBN: 3-8025-3288-0
Die zerbrochene Kugel III
Der Schatten der Eule
Lene Kaaberbøl
BN: 3-8025-3289-9
Die zerbrochene Kugel IV
Der goldene Phönix
Lene Kaaberbøl
ISBN: 3-8025-3290-2
© Disney
Weitere Produkte zu W.I.T.C.H unter COMIX-SHOP.DE